KB074691

안녕, 엄마

안녕, 엄마

남인숙 지음

호메로스

차례

Prologue | 9

1장   엄마에게 필요한 것

미역국 | 25

습관 | 30

사랑과 거짓말 | 35

엄마에게 필요한 것 | 41

연인 | 49

나에게 반했어 | 56

아버지의 책 | 61

첫 여행 | 67

2장 내 것을 줄 수는 없나요

선물 | 77

하나뿐인 태권 V | 83

내가 왜 심란해? | 89

어깨 위의 반달 | 93

아이를 잠들게 하는 법 | 98

내 것을 줄 수는 없나요? | 102

아버지가 없는 그림 | 108

젓가락질을 잘하는구나 | 113

학사모 사진 | 118

풍선 | 124

3장   늦기 전에 사랑한다고 말해요

미소 | 133

아빠 놀이동산 | 139

네 번째 다리 | 144

엄마의 상식 | 148

국화빵 | 154

아빠의 취미 | 160

봄날의 기다림 | 166

나를 잘 아는 사람 | 173

불가능은 없다 | 179

늦기 전에 사랑한다고 말해요 | 185

4장 세상에서 가장 강력한 동기

어머니의 건강법 | 195

못생긴 만두 | 201

아버지의 꿈 | 207

이성과 모성 | 213

소중한 짐짝 | 219

세상에서 가장 강력한 동기 | 225

이상한 기억력 | 230

낙서 | 236

감기 옮기기 | 243

Epilogue | 247

Prologue

일곱 시 오십 분.

여덟 시까지 가 닿기로 했으니 30분은 족히 늦을 것 같
습니다. 나는 재킷을 집어 바람 소리가 나도록 둘러 입고는
현관문을 열었습니다. 그때 책상 위에 놓아 둔 차 열쇠가 생
각나는 것이었습니다.

방금 애써 다리를 끼워 넣은 지퍼 달린 부츠를 짜증스럽
게 내려다보며 나는 소리를 빽 지릅니다.

"엄마! 나 열쇠 좀……."

내가 말해 놓고는 스스로 놀라 흠칫했습니다. 엄마를 부

르다니…… 지금 엄마의 추도식에 가는 거면서.

집 안에 다시 들어가 열쇠를 가지고 엘리베이터를 타는데 다시 휴대폰을 두고 나온 게 생각났습니다. 휴대폰은 그냥 포기하기로 하고 맙니다. 어차피 전화하는 사람도 없을 테니까.

선형 오빠의 집에 도착했을 때에는 벌써 다들 모여 앉아 있었습니다. 세 남매와 그 딸린 식구들이 음식까지 다 해놓고 나 하나 기다리고 있었는데도, 선형 오빠는 어서 와라 한마디뿐입니다. 평소 같으면 밉지 않게 한마디 쏘아 주는 것을 잊지 않았을 선국 오빠도 아무 말 없습니다. 문에서 멀찍이 떨어져 앉은 선경 언니도 작게 웃으며 눈인사를 합니다. 나는 검은 옷을 입고 있는 식구들이 터 주는 자리에 비집고 앉았습니다.

1년 전 부모님을 한꺼번에 잃은 네 남매가 사고 후 처음으로 한자리에 모인 것이었습니다.

그날 외출 준비를 하시던 엄마와 아빠는 유난히 즐거워

보였습니다.

"요즘 환갑잔치 하는 사람들도 있나? 참 좋기도 하겠수. 내가 보니까 축의금 챙기려고 일부러 벌인 행사 같은데, 기어이 거기 동원돼야겠어? 안 가면 안 돼요? 비도 많이 오는데⋯⋯."

나는 집에 혼자 남겨지는 것이 싫어 괜히 초를 쳤습니다. 일이 손에 잘 안 잡히고 외출도 하기 싫은 비 오는 주말 오후, 엄마아빠와 만두라도 빚으면서 마음껏 빈둥거리자는 것이 그날의 내 계획이었던 것입니다.

"당신 올해 환갑잔치 하면 막내한테 욕먹겠네."

"그러게요. 아빠 친한 친구라 안 가 볼 수가 없어. 좀 늦을지도 모르니까 저녁도 알아서 챙겨 먹어."

엄마와 아빠는 내 만류는 아랑곳하지 않고 외출 준비를 서두르셨습니다. 현관문이 닫히고 나서도 밖에서 엘리베이터를 기다리는 두 분의 이야기 소리와 웃음소리가 도란도란 끊임없이 새어 들어왔습니다. 그게 내가 들은 두 분의 마지막 목소리였습니다.

그날 밤 나는, 강원도로 가는 국도에서 빗길에 미끄러진 화물차가 두 분이 탄 승용차를 덮쳤다는 전화를 받았습니다. 아빠는 그 자리에서 숨을 거두셨고, 엄마는 위독하다고 했습니다. 전화를 끊고 나자 머리 속이 하얗게 비는 것 같았습니다. 어딘가 전화를 걸어야 되겠는데, 누구한테 전화를 걸어야 할지 생각이 안 나는 것이었습니다. 겨우 선경 언니를 생각해 냈는데, 이번에는 매일 전화를 해서 수다를 떠는 언니의 전화번호가 기억나지 않았습니다. 더듬더듬 휴대폰을 찾아 거기 기록된 전화번호부를 뒤져 언니에게 전화를 걸었습니다. 눈물범벅이 된 언니가 형부를 의지해서 집으로 들이닥치기 전까지, 나는 무섭도록 외로워서 홀로 떨고 있었습니다.

응급실에는 선경 언니의 연락을 받은 선형 오빠와 선국 오빠네 식구들이 먼저 도착해 있었습니다. 의식이 없던 엄마는 잠깐 정신을 차려 우리를 일별하시고는 끝내 돌아가셨습니다.

엄마와 아빠를 그렇게 한꺼번에 보낸 후, 우리 네 남매의 일상은 말이 아니었습니다. 가족을 떠나보내고 남은 사람들의 마음이 온전할 리야 없는 일이지만, 우리들의 슬픔에는 남다른 데가 있었습니다. 우리 부모님은 그냥 부모님이 아니었습니다. 친구이자 조력자이며, 스승이자 삶의 원천이었습니다. 엄마와 아빠가 세상에서 사라지자, 우리 네 남매는 모두 플러그 뽑힌 진공청소기처럼 힘을 쓰지 못하고 픽픽 쓰러졌습니다. 사람들은 자식들 다 키워 제 할 노릇 다 하게 하고 가셨으니 여한이 없으시겠다고 위로 아닌 위로를 했지만, 우리는 그분들 없이 제 할 노릇을 할 수 없었습니다. 엄마아빠는 아마 그동안 우리가 알지 못하는 특별한 무언가를 끊임없이 공급하고 계셨던가 보았습니다. 그중에서도 장남인 선형 오빠와 열 살이나 터울이 지는 막내이자 유일하게 따로 가족을 내지 않은 자식이었던 내 인생은 '개점 휴업' 상태였습니다.

　동화를 쓰는 작가인 나는 지난 1년간 단 한 줄도 글을 쓰지 않았습니다. 책을 읽지도 않았습니다. 스스로 문자 중독증이라 말할 정도로 한시도 글을 눈에서 떼지 않았던 나는, 출판사에서 걸려 오는 전화도 받지 않고 텔레비전만 보고 있는 바보가 되었습니다. 처음에는 자신들의 슬픔을 가누기에도 벅찼던 언니오빠들은 차차 그런 내게 눈을 돌리고 걱정을 하기 시작했습니다. 오늘의 추도식은 집 안에 틀어박혀 꼼짝도 않는 나를 불러내 다독여 볼 수 있는 좋은 기회이기도 했던 것입니다.

추도식과 식사가 끝난 후 올케들과 형부는 아이들을 우르르 거실로 내몰고 있습니다. 우리 남매들끼리만 있을 수 있도록 자리를 비켜 주려는 것입니다. 아마 내가 도착하기 전 다 이야기가 되어 있던 모양입니다. 맏조카 현진이도 의젓하게 어린 사촌 동생들을 달래 데리고 나가고 있습니다. 물기 어린 눈을 들어 나를 돌아보는 것이 알 건 다 아는 것 같습니다. 그러고 보니 현진이도 많이 컸습니다. 첫정을 들인 맏조카라서인지 나는 아직도 수많은 아이들 중 현진이만 보입니다. 엄마아빠도 유독 현진이를 귀애하셨더랬지요. 그런 현진이가 벌써 여덟 살이랍니다.

"요즘은 좀 어떠냐?"

갑자기 적막해진 방 안에 들어찬 어색한 공기를 선형 오빠가 걷어냅니다.

"잘 지내."

"잘 지낸다는 아이가 얼굴이 그게 뭐냐? 밥이나 제대로 챙겨 먹고 있는지 원……. 전에도 말했지만, 당분간 우리 집에 와서 지내는 게 어떠냐?"

선형 오빠의 말에 나는 고개를 내저었습니다.

"올케 눈치 보여서 그러는 거면 우리 집에 와 있어. 그 큰집에 혼자 덩그렇게, 그게 뭐니?"

선경 언니도 걱정스런 얼굴로 끼어들었습니다.

"올케가 눈치 주는 사람인가? 그냥 아직은 이대로 있는 게 편해서 그러니까, 언니오빠들 잠깐만 그냥 날 못 본 척 해줬으면 좋겠어. 그리고…… 나, 언니오빠들이 걱정하는 것처럼 그렇게 엉망으로 살고 있지 않으니까 안심해."

거짓말이었습니다. 나는 우울증에 걸려서 엄마아빠를 따라가 볼까 하는 생각도 여러 번 했습니다. 불면증으로 잠을 못 이룬 어제도 밤새 인터넷을 뒤져 고통 없이 죽는 방법들을 수집했는걸요. 그렇지만 그들을 걱정시키고 싶지 않았습니다. 엄마아빠와의 갑작스런 이별로 힘든 건 그들도 마찬가지였으니까요.

선형 오빠는 여러 번 길에서 정신을 놓을 정도로 술을 마셔댔고, 선국 오빠는 독하게 끊었던 담배를 다시 피우기 시작했습니다. 선경 언니는 다섯 살짜리 아들을 감당할 수 없을 정도로 몸과 마음이 쇠약해져서 아이를 두 달간이나 시댁에 맡기기도 했습니다.

"우리가 그래도 기운을 차리기 시작한 건 살 비비고 살고 있는 가족이 있어서야. 너도 결혼을 생각해 보는 건 어떠니?"

선국 오빠의 말입니다. 나라고 그런 생각을 안 해 본 건 아닙니다. 하지만 지금의 나는 그 누구도 가까이할 수 없습니다. 누군가를 사랑할 수도 없으면서 아무라도 내 곁으로 오기만 하면 결혼하자고 들러붙을 것만 같습니다. 그건 혼자인 것보다 더 외로운 일일 것입니다.

내가 입을 다물자 더 이상 대화가 이어지지 않았습니다. 언니와 오빠들은 마음이 놓이지 않는 얼굴로 나를 보았고, 나는 방바닥만 내려다보고 있었습니다.

"응? 저게 뭐지?"

선국 오빠가 무심하게 시선을 들어올리다가 선반 위의 무언가를 발견하고 한마디 했습니다. 가끔 심각한 순간에 딴청을 해서 주변 사람들을 아연하게 만드는 버릇은 나이가 들어도 여전합니다. 덕분에 우리들은 굳어 있던 미간을 풀고 무방비 상태의 얼굴로 선반 위 선국 오빠의 시선을 따라갔습니다.

"저거? 현진이 작년 유치원 방학 숙제. 그러고 보니 저거…… 어머니아버지가 만들어 주신 거야."

그 말에 우리는 외상받이 밥상만한 그 조형물을 내려다가 오밀조밀 살피기 시작했습니다.

"우리 일 나가 있는 동안 두 분이 애들 봐 주실 때, 갑자기 현진이가 방학 숙제를 안 해 놓았다고 난리를 쳤나 봐. 내일까지 가져가야 되는데 어쩌냐고 눈물콧물 짜는 걸 보고 당장에 색종이며 도화지며를 사다가 두 노인네가 이걸 만들었대."

"그런 걸 아직도 갖고 있었어?"

"현진이 저 계집애가 도무지 못 버리게 하더라구."

〈우리 동네〉라는 간판까지 버젓이 달고 있는 그 조형물은, 제목 그대로 선형 오빠네 집 주변 축소 모형이었습니다. 앙증맞은 놀이터며, 병원, 슈퍼마켓까지 있을 건 다 있었습니다. 마치 부모님을 보듯 애틋하게 모형 마을을 보고 있던 선경 언니가 갑자기 웃음을 터뜨렸습니다.

"이것 봐. 이 패밀리 레스토랑 이름이 한글로 쓰여 있어. 이거 원래 간판은 다 영어로 돼 있잖아. 현진이가 불러 주는 그대로 쓰셨나 봐. 게다가 몇 번이나 고쳐 썼는지 수정액 범벅이네."

그 말에 선국 오빠도 놀이터를 가리키며 키득거렸습니다.

"여기 이 모래 놀이터에 신발 벗어 놓은 것 좀 봐. 이거 틀림없이 꼼꼼대왕 아버지 작품이다. 내기해도 좋아. 여기 이 시소에 앉는 부분 색깔 닳아 없어진 거 그려 놓은 것도!"

몇 분 전만 해도 멍하니 앉아 있기만 하던 나도 거들었습니다.

"이 미끄럼틀은 분명 엄마가 만든 거야. 미끄럼대와 계단이 여러 개 있는 게 문어발 같잖아. 성질 급한 엄마가 애들 줄 서서 기다리는 게 답답해서 여기에 한풀이 한 거라구."

내 말에 언니오빠들이 박장대소하며 웃어댔습니다.

"맞아. 엄만 뭐 기다리는 거 정말 싫어했어. 우리 어렸을 때 아빠 오실 시간 되면 우리들 다 우르르 몰고 버스 정류장까지 마중 나가셨잖아. 앉아서 기다리기 답답하다고."

"어휴, 나도 생각 나. 겨울엔 진짜 나가기 싫었는데, 아빠가 올 때 꼭 국화빵 한 봉지씩 사 주셨잖아. 그 맛에 기 쓰고 따라 나갔지."

"엄마가 아빠 기쁘게 해준다고 아빠가 아끼는 오디오 스피커 다 분해해서 청소했던 거 생각나? 그거 다시는 조립 못했지, 아마?"

우리들의 이야기는 끝도 없이 이어졌습니다. 침울했던 분위기는 간 데 없고, 우리는 이따금 배를 잡고 웃으며 옛날 이야기를 나누었습니다. 심각하던 방 안에서 새어 나오는 웃음소리의 정체가 못내 궁금해진 올케들은 과일 접시를 핑계로 은근슬쩍 들어와 대화에 끼어들었습니다. 나중에는 조카들까지 모두 들어와 시끌벅적한 속에서 이야기판이 벌어졌습니다. 다들 자신들이 기억하고 있는 엄마아빠와의 재밌는 추억들을 앞다투어 꺼내 놓았습니다.

그들의 이야기에 귀 기울이며 낄낄대던 나는, 문득 잊고 있었던 사실 하나를 기억해 냈습니다. 슬픔, 고민, 우울……

이제까지 내가 껴안고 있던 모든 것들은 우리 엄마아빠하

고는 너무나 어울리지 않는다는 것을 말입니다. 그분들을

떠올리면서 슬픔만을 느꼈다면, 그동안 나는 엉뚱한 사람

들을 그리워한 셈이 됩니다. 내 마음에서 고통을 퍼 올리는

사람들이 우리 엄마아빠일 리는 없으니까요.

나는 언니오빠들에게 한 가지 제안을 하기로 마음먹었습

니다.

"언니오빠들, 나 좀 도와줘. 지금 얘기한 엄마아빠에 대

한 추억들을 모두 편지로 써서 나한테 주겠어? 엄마아빠한

테 드리는 편지 말이야."

왁자하던 방 안이 갑자기 조용해졌습니다.

"그걸 내가 정리해서 책으로 낼게. 그거라면…… 나 다시

글을 쓸 수 있을 것도 같아."

그들은 반색을 하며 그러마고 약속했습니다. 나는 언니

오빠들이 작가라는 내 직업을 불쌍히 여길 정도로 글 쓰는

일을 머리 아파한다는 걸 잘 압니다. 그런 그들이 아주 잠

깐의 망설임도 없이 편지를 써 주겠다고 나서는 걸 보고 나

는 마음 끝이 아려 왔습니다.

그로부터 1년 동안 나는 언니오빠들, 그리고 내가 가지고
있던 기억의 파편들을 수집하고 정리했습니다. 처음엔 쓸
이야기가 없다고 힘들어하던 언니오빠들도, 스스로도 놀랄
만한 초인적인 기억력으로 저 깊은 기억의 우물 속에 잠겨
있던 갖가지 이야기들을 용케도 건져 올렸습니다.

그들이 건네 준 편지 속에서 우리는 우리 자신도 몰랐던
부모님의 모습들과 만날 수 있었습니다.

그리고 나는 조금씩 회복되어 갔습니다.

1장

엄마에게 필요한 것

자식이라는 건 선물로 따지자면 주인 편하게 해주는 세탁기나 냉장고가 아니라, 일생 거름 주랴 물 주랴 수고롭게만 하는 꽃 화분 같은 것이지요. 아무것도 바라는 것 없이 그저 그 자리에서 잘 자라 주기만 하면 만족하고, 어쩌다 꽃이라도 피워 주면 말할 수 없는 기쁨이 되고요. 그러니 우리를 향한 엄마의 사랑의 이유를 유용함에서 찾으려고 한 것 자체가 어리석은 일이었던 것이지요.

미역국

정말이지 엄마는 요리 솜씨가 형편없었어요. 철들고 나서 남의 집 밥을 먹어 보고서야 집에서 만드는 음식이 맛있을 수도 있다는 걸 처음 알았을 정도였다니까요. 엄마를 비방하는 것만큼은 절대 용서하지 않던 아빠 때문에 누구도 대놓고 말하지는 못했지만, 엄마의 음식이 맛없다는 건 아빠를 빼놓고 모두가 아는 일이었어요.

엄마가 요리하기를 좋아하고 늘 뭔가를 만들고 계셨던 걸 보면, 엄마는 태생적으로 요리에 소질이 없으셨다고 하는 게 옳을 것 같아요.

25

항상 엄마와 흉금을 터놓고 대화를 하던 저니까 말씀드리는 건데요. 우리 식구들이 나가서 먹는 건 무조건 맛있다며 잘 먹었던 것도 모두 엄마의 독특한 미각 덕분이라고요.

결혼하고 나서야 저는 요리의 세계에 눈을 뜨게 되었어요. 요리학원에 다니고 솜씨 좋은 시어머니에게 비법을 전수받기도 하면서 식당보다 맛난 요리를 할 줄 알게 되었지요. 가끔 제가 친정 나들이를 하면 모두들 장부터 보러 갔었잖아요. 잡채를 만들어 내라, 탕수육을 만들어 내라 온갖 주문이 밀려들었었지요. 그 '주문자' 중에는 엄마까지 끼어 있었잖아요. 그러나 온갖 요리를 다 할 줄 알던 저도 맥이 탁 풀려서 요리를 하지 못하던 때가 있었어요.

결혼하고 나서 처음 3년 동안 시부모님과 한 집에서 살던 때였어요. 시부모님을 모시고 사는 게 좋을 때도 있었지만 솔직히 힘들 때가 더 많았어요. 발랄한 성격에 놀기를 좋아하던 저한테 어른 모시고 사는 일이 썩 맞을 리는 없으니까요. 시부모님도 덜렁거리고 아침잠 많은 저를 처음엔 마뜩치 않아 하셨고요. 결혼하고 이듬해의 생일이 다가오자 저는 몹시 우울해졌어요.

며느리 생일쯤은 관심도 없던 시부모님과 부모님 눈치로 아내 생일을 티 나게 챙겨 주지 못하는 남편에게 흡족한 생일 축하를 기대하는 건 무리였으니, 항상 가족 하나하나의 생일을 요란하게 챙겨 주던 우리 식구들만 생각났어요.

생일날 아침, 여느 때처럼 새벽같이 일어나 혼자 아침밥을 짓는데 자꾸만 서러움이 밀려들지 뭐예요. 전 같으면 엄마가 미역국을 끓여 놓고, 아침 밥상에서 식구들에게 축하한단 한마디씩을 바쁘게 들었을 텐데요.

아침상을 다 차려 놓고 신문을 가지러 대문 밖으로 나갔는데 보자기에 싸인 물건이 놓여 있었어요. 이게 뭔가 하고 풀어 보니 꽃무늬가 그려져 있는 냄비 하나가 나왔어요. 저는 그게 엄마가 오랫동안 탐내다가 큰맘먹고 들여 놓은 냄비 세트 중 하나라는 걸 대번에 알아봤어요. 뚜껑을 열어 보고 저는 아! 하고 가벼운 신음 소리를 냈어요. 그 속에는 미역국이 들었던 거예요. 그 겨울날, 이른 아침의 찬 공기 속에서 미역국은 모락모락 흰 김을 피워 올리고 있었지요.

아마 엄마는 제가 결혼 후 첫 생일을 어떻게 맞고 있을

지 알고 계셨던 거예요. 저는 아침잠이 많은 엄마가 자명종을 맞춰 놓고 간신히 일어나 미역국을 오래오래 끓이고, 여명이 채 가시지 않은 새벽 길을 허위허위 서둘러 달려 왔을 모습을 떠올렸어요. 딸의 집 앞에 음식보따리를 조심스레 내려놓고 도망치듯 돌아갔을 엄마의 뒷모습도요.

식구들이 모두 나간 뒤에야 저는 그 미역국을 꺼내 놓고 혼자서 늦은 아침을 먹었어요.

"내 이럴 줄 알았어. 간 안 맞는 것 봐. 대체 미역국에 뭘 넣고 끓여야 이런 희한한 맛이 나는 거야? 그리고 이왕 가져왔으면 생일 축하한다는 말 담은 쪽지 조각이라도 좀 넣을 것이지. 좌우간 우리 엄만 못 말려……."

저는 혼자서 툴툴거리면서 미역국을 떠먹었어요. 그런데 왠지 모르게 자꾸 눈물이 나더라고요. 그 아침, 저는 그 맛없는 미역국을 눈물로 간을 해 가며 한 방울도 남기지 않고 다 먹었어요.

확실히 엄마의 요리 솜씨는 엉망이었어요. 그렇지만 엄마, 그날 난 제가 엄마의 요리를 좋아한다는 걸 처음 알게 되었어요. 음식의 맛을 감지하는 미뢰라는 게 혀에만 있는 게

아니었나 봐요. 때로는 음식을 입이 아닌 가슴으로 먹기도
한다는 걸 사람들은 알고 있나 모르겠어요.

습관

　엄마에게는 아주 독특한 습관이 하나 있었어요. 언제고 어떤 일에도 고맙다고, 감사하다고 말하는 습관이었지요. 엄마는 아빠나 우리들이 선물을 해주면 수백 번, 수천 번 고맙다고, 마음에 든다고 이야기해 주셨어요. 몇 년 전에 제가 선물한 캐시미어 코트는 입을 때마다 '가볍다, 따뜻하다, 멋스럽다…… 오늘 이걸 입고 나갔더니 어디서 이런 걸 구했냐고 물어보더라……' 하고 수없이 말씀하셨잖아요.

　듣기 좋은 소리도 세 번 이상 들으면 귀에 거슬린다고 하지만, 진심이 담겨 있는 말은 그렇지도 않은가 봐요. 엄마가 뭔가를 받을 때마다 매번 고마워하고 기뻐하는 걸 보면 우리도 기분이 좋아지고 행복감을 느꼈으니까요. 그래서 늘 엄마에게 더 많은 것을 해주고 싶은 마음이 들었던가 봐요.

엄마와 함께 나가서 외식이라도 할 때면 진짜 음식 맛이 어떻든 간에 그 집 음식이 '전국에서 제일 맛있는 집'이 되었고, 엄마와 함께 교외로 바람이라도 쐬러 나가면 우리가 발 딛는 모든 곳이 '천하 절경'이 되었어요. 엄마는 엄마에게 주어진 모든 것을 어린아이처럼 신기해 하며 즐길 줄 알았어요. 그런 엄마와 함께 있으면 저도 덩달아 온 세상이 무지개 빛으로 보였어요.

어렸을 때는 잠깐 엄마가 외출을 하느라 집을 비우면 왜 집안이 그렇게 축축하고 어둡게 느껴졌는지 알 수가 없었어요. 나중에서야 저는 그 이유를 알게 되었지요. 그건 엄마가 우리 집안의 빛이었기 때문이었어요. 엄마가 있어야 집안에 꽃이 피고, 곰팡이도 말라 없어지고, 손끝에 뽀송한 온기를 느낄 수 있었지요.

고등학교 때에는 엄마 생일에 선물을 하고 싶은데 돈이

없어서 싸구려 털실을 사다가 목도리를 떠서 드린 적이 있었어요. 제가 그 목도리를 내밀었을 때 엄마는 몹시도 좋아하면서 이렇게 말씀하셨지요.

"세상에! 어쩜 이렇게 예쁘니? 이 색 배합 좀 봐. 이게 아무나 쓸 수 있는 색깔이 아닌데……. 이건 길이도 적당해서 아무 옷에나 둘러도 예쁘겠다. 돈 주고도 못 살 걸 어쩜 이렇게도 잘 만들었어?"

그때 엄마의 표정을 잊을 수가 없어요. 누가 그때의 엄마를 봤다면 그 목도리에 대해 이렇게 생각했을걸요.

'저건 틀림없이 멀리 몽골의 고산 지대에 백 마리밖에 안 사는 어린 큰뿔산양의 가슴털로만 만든 털실을 가지고 이태리 최고 장인이 한 달 동안 만든 명품 목도리일 거야.'

엄마는 그 이후에도 겨울마다 그 목도리를 두르며 그것에 대한 수백 가지 칭찬들을 발명해 내셨어요. 엄마의 칭찬은 항상 '세상에!' 하는 감탄으로 시작되었지요. 아마 그때부터일 거예요. 제가 패션에 소질이 있다고 스스로 생각하기 시작한 게.

3년쯤 후, 엄마의 칭찬이 하도 과해서 정말로 좋아 보였던지 선미가 그 목도리를 하고 나갔다가 잃어버리고 말았었지요. 그때 엄마가 상심하시는 걸 보고 진짜로 그 목도리를 좋아하셨었구나 생각했었지요.

"엄마, 괜찮아요. 내가 더 예쁜 거 떠 줄게."

말은 그렇게 했지만 전 약속을 지키지 않았어요. 부산하게 살다 보니 오히려 수험생일 때보다 더 시간이 없어지더라고요. 그 사이 목도리에 관한 일들은 새까맣게 잊어버리고 말았지요.

엄마에게 편지 쓸 일을 찾아내려 애쓰다 그 목도리가 생각났던 날 밤, 저는 잠을 이루지 못했답니다.

엄마는 우리 가족 모두가 가장 큰 고비와 고통의 시간으로 기억하고 있는 2년여의 암 투병 기간조차 다행과 감사의 시간으로만 기억했더랬어요. 충분히 죽을 수도 있는 병이었는데 천우신조로 일찍 발견해서 '고작(!)' 2년 만에 완치된 것은 행운이라고 했지요. 엄마는 당시의 끔찍했던 고통이 아니라, 엄마 인생의 행운의 증거로서 그 시간을 회고했던 거예요. 참으로 특별한 재능이 아닐 수 없어요.

문득 우리가 엄마와 아빠가 우리 곁을 떠난 걸 아파하고 슬퍼했던 일이 괜한 것이 아니었나 하는 생각이 들어요. 지금쯤 엄마는 천국에서 아빠를 붙들고 신나게 수다를 떨고 계실지도 모르니까요.

　"세상에! 여기 너무너무 좋아요. 공기도 맑고, 사람들도 다 착하고. 생각했던 것보다 훨씬 좋아요. 그렇죠, 여보?"

사랑과 거짓말

아빠, 아빠는 알고 계셨어요? 엄마는 친구의 소개로 만난 아빠가 첫눈에 영 마음에 들지 않았대요. 이왕 말 나온 김에 좀 더 솔직하게 말하자면, 아빠는 미남도 아니고 당시 처녀들이 선호하던 시원시원한 쾌남아도 아니잖아요.

스무 살의 엄마는 '사랑이란 첫눈에 알아볼 수 있는 거'라고 믿었다나 봐요. 커피 한잔 앞에 놓고 아빠와 마주 앉아 있는 그 기나긴 시간 동안, 엄마는 대수롭지 않은 사람과 사랑을 한다 해도 절대로 이 사람만은 아닐 거라고 확신했었대요. 그런데 같은 순간 아빠는 '이 여자는 내 여자다'

라고 정반대의 확신을 굳히고 있었지요. 아빠의 눈빛에서 그 마음을 알아본 엄마는 난감했었다고 해요.

어떻게 하면 무안하지 않게 이 상황을 모면하고 일어설 수 있을까 고민하고 있는데, 아빠가 다른 화젯거리를 찾아 말을 걸더래요.

"클라크 게이블 나오는 영화 좋아하세요? 지금 단성사에서 하고 있던데……."

"좋아하기는 하는데 전 그냥 집에서 보는 게 좋아요."

영화 보러 가자는 말이 나올까 봐 엄마가 선수를 친 거였어요. 그냥 생각 없이 한 말인데, 아빠는 순순히 넘어가질 않았죠.

"집에 비디오 있으신가 봐요?"

"아…… 예……."

그땐 집에 비디오 플레이어가 있으면 아주 부잣집이었어요. 초등학교 졸업이 엄마의 최종 학력이 될 뻔했을 만큼 가난했던 외가댁에 그런 게 있을 리 만무했지요. 하지만 마음에 들지도 않는 남자 앞에서 기죽고 싶지 않았던 엄마는 얼결에 그렇게 대답해 버리고 말았던 거예요. 어차피 두 번 다시 볼 사람도 아니니 될 대로 되라 하는 마음이었던 거죠.

그렇게 시작된 거짓말이 이야기가 길어지면 길어질수록 눈덩이처럼 불어났던 거예요. 어느새 엄마는 집 안에 카펫이 깔린 계단이 있는 2층 양옥집 고명딸이 되었고, 그 집 안에 세탁기며 냉장고며 수족처럼 부리는 첨단 가전까지 들여놓게 된 것이었어요.

이야기를 하는 내내 적당히 맞장구를 치기만 하던 아빠가 오디오 이야기가 나왔을 때 눈을 빛내며 자세한 걸 물어 오는 통에 엄마는 가슴이 철렁 했었대요. 아빠가 하이파이 오디오 마니아라는 걸 알았다면 엄마는 집에 오디오가 있다는 거짓말만큼은 결코 하지 않았을 텐데요. 오디오 이야기 때문에 하도 놀라서 엄마는 헤어지기 전 아빠에게 '당신이 마음에 들지 않는다'는 힌트를 줄 기회를 놓쳐 버렸대요. 그때부터 아빠의 피곤한 애정 공세가 시작된 거였어요.

영화와 소설에 등장하는 온갖 구애의 방법들이 하나도 빠짐없이 동원되었을 무렵, 움쩍하지 않을 줄 알았던 마음이 아빠 쪽으로 향하는 것을 느낀 엄마는 적이 당황했었대요. 그 당치 않은 거짓말들을 무슨 변명으로 고백할까 생각만 해도 아찔했던 거지요. 용기가 나지 않았던 엄마는 결혼이야기가 나올 시점까지 입도 벙긋 못하고 속만 끓였다고해요.

아빠가 외가댁에 처음으로 인사드리러 가던 날, 엄마는드디어 올 것이 왔다고 생각했지요. 데려다 줄 때마다 '우리집'이라고 속이던 2층집을 지나쳐 슬래브 지붕을 인 초라한집 쪽으로 아빠를 안내할 때 엄마는 고개를 들 수가 없었다고 해요.

'저 남자가 속았다고 생각할까? 화가 많이 났을까? 혹시이 결혼 없던 걸로 하자고 하는 거 아냐?'

그러나 아빠는 아무 말 없이 척척 앞서 가더니 가르쳐 주지도 않았던 외가댁 대문을 서슴없이 밀고 들어가더래요.

아빠는 이미 외가댁이 어딘지 알고 있었던 거예요.

이 생각 저 생각에 마음이 울렁거리는 엄마를 곁에 두고아빠는 외할아버지 외할머니에게 납작 엎드려 절을 하더래요.

"장인 장모님, 막내 따님을 주시면 평생 머슴처럼 살겠습니다. 거두어 주십쇼."

거짓말쟁이 애인을 두고 한없이 낮게 엎드리던 아빠의 까만 뒤통수가 그렇게 시큰할 수 없었다나요.

그렇게 해서 결혼을 한 이후 엄마는 단 한 번도 아빠에게서 그때 그 거짓말에 관한 이야기를 듣지 못했다고 해요. 엄마는 아빠가 부분적인 기억상실증에 걸린 게 아닌가 싶었을 정도였대요. 아무리 오랜 세월 부부로 살아 서로에게 익숙해진 후라 해도 아빠에게 그때 일을 들었다면 엄마는 죽고 싶게 부끄러웠을 거라고 했어요. 아빠는 몰랐겠지만, 그 일로 해서 엄마는 사랑하는 사람을 위한 침묵이라는 게 얼마나 값진 것인지를 배웠다나요.

어쩌면 아빠는, 오디오에 대해 한마디도 못하는 걸 봤을 때 벌써 엄마가 말짱 거짓말을 하고 있다는 걸 알아챘을 지도 모르겠어요. 엄마를 해바라기 하다가 우연히 집에 들어가는 모습을 봤을 수도 있는 일이지요. 한 가지 분명한 건,

아빠가 오로지 엄마에게만 집중했다는 거예요.

 이제 제가 아빠한테 대신 전해 드리고 싶어요. 한 번도 이야기를 할 수는 없었지만, 엄마는 정말 고마웠대요. 아빠는 혹시 잊었을런지도 모르지만, 엄마는 40년 전 그 일을 하루도 잊은 적이 없었더래요.

엄마에게 필요한 것

어려서는 엄마가 한데 묶어서 내다 버리고 싶다고 말한 적이 있을 정도로 선국 오빠와 저는 앙숙이었어요. 그러나 열 살을 넘긴 저를 혼란스럽게 했던 것은 '엄마아빠는 왜 뒤늦게 선미를 낳았을까?'라는 질문이었어요.

오빠들과 저는 꽤 자라서 제 일은 알아서 하고 집안 일을 제법 돕기도 했지만, 선미는 오로지 남의 손길을 필요로 하기만 하는 아기였거든요. 엄마와 아빠는 선미 때문에 무척 힘들어 보였어요.

무엇보다 선미는 저한테 참 거추장스러운 존재였어요. 저는 고작 일곱 살 나이에 육아의 막중한 책임을 분담하게 되었고, 한창 손이 많이 갈 무렵의 학교 생활도 육아에 바쁜 엄마 때문에 엉망이 되었잖아요.

'아들 딸 구별 말고 둘만 낳아 잘 기르자'는 가족계획 구호가 한창일 때 우리 집에 아이가 넷이나 되는 것도 저한테는 창피했어요. 저는 우리 식구가 우르르 밖으로 나설 때에는 혼자 멀찍이 뒤쳐져 걸으며 같은 식구가 아닌 척 했어요. 선미만 아니었어도 그런대로 '3남매'로서 최소한의 품위 유지는 할 수 있을 것 같았어요. 아이 셋과 아이 넷은 하늘과 땅 차이였거든요.

그렇지만 맹세코 저는 언니로서 선미에게 팥쥐같이 굴지는 않았어요. 오히려 평균보다 좋은 언니였다고 생각해요. 엄마 대신 숙제를 봐 주기도 했고, 매일 피아노학원에서 데려오는 일을 기꺼이 떠맡기도 했으며, 예쁜 종이 인형이 새로 나오면 용돈을 털어 사다 주기도 했지요. 저는 틀림없이 선미를 사랑했어요. 사실 선미는 비교적 손이 덜 가는 얌전하고 어른스러운 애였으니, 별로 미워할 구실도 없었지만요. 선미가 쓸모없는 형제가 아닐까 하는 건 선미를 좋아하고 미워하는 감정과는 상관없는, 존재에 대한 순수한 의문일 뿐이었어요. 그럼에도 불구하고, 저는 결국 실수를 하고 말았지요.

　제가 고등학생이었을 때였어요. 제 것이라면 무조건 탐을 내던 선미가 제 티셔츠를 입고 나갔다가 구제 불능으로 얼룩을 묻혀 왔을 때였어요. 얼마나 화가 났을지 짐작하시죠? 제가 얼마나 옷을 좋아하고 아끼는지 잘 아시니까요. 더군다나 그 티셔츠는 제가 설날에 받은 세뱃돈을 몽땅 털어 백화점에서 맘먹고 산 것이었거든요.

　"한 줌도 안 되는 초등학생이 맞지도 않는 비싼 옷은 왜 훔쳐 입고 나가? 엉?"

　눈앞이 노래지도록 핏대를 올리던 저는 자신이 무슨 말을 하는지도 모르고 조잘댔어요.

　"엄마가 너처럼 쓸데없는 걸 왜 낳았는지 모르겠어. 이건 실수야, 실수."

　마지막 말에 아차 싶어 입을 다물었는데, 선미가 벌써 저만치 방으로 들어가고 있었어요. 잔소리가 듣기 싫어 도망

간 것 같은데, 다행히 제 마지막 말은 못 들은 것 같았어요. 안도의 숨은 내쉬었지만, 제 입 밖으로 나온 소리가 스스로도 끔찍스러워 한동안 마음이 편치 않았어요. 선미를 예뻐하면서도 제 마음 속 깊은 곳에서는 일부나마 그런 생각이 자라고 있었나 봐요.

그 일이 있은 얼마 후, 엄마는 암 투병을 시작하셨지요. 그 첫해에 엄마는, 하필이면 항암 치료를 위해 병원에 입원해 있을 때 생일을 맞으셨어요. 엄마는 항암 치료를 받는 동안에는 우리를 병원에 못 오게 하셨는데, 그날만큼은 우리도 엄마 얼굴을 보고 축하해 주고 싶었어요. 우리는 각자 돼지저금통 배를 갈라 선물을 준비하기로 했어요.

'엄마한테 뭔가 꼭 필요한 걸 선물하자.'

우리는 뻔한 용돈의 한계 속에서 누가 더 좋은 선물을 하나 은연중 경쟁을 하고 있었어요. 고민 끝에 선형 오빠는 차가운 침대에서 지내는 엄마의 발을 따뜻하게 감싸 줄 예쁜 덧신을, 선국 오빠는 건조한 병원에서 병마와 싸우느라 마르는 엄마의 입술에 바를 입술 연고를, 저는 제대로 빗지도 못해 헝클어져 있을 엄마의 머리카락을 위한 큐빅 머리핀을 준비했어요. 그런데 선미는 전날까지 아무것도 사지 않고 있다가 병원 가는 길에 꽃집에 들러 프리지어 한 다발을 사는 것이었어요. 프리지어가 아무리 싼 꽃이라지만 있는 돈을 다 털어 그걸 사는 선미가 제 눈엔 한심해 보였어요.

"만날 애늙은이처럼 굴면서 너도 참 애는 애다. 엄마가 그깟 먹지도 못할 꽃을 좋아하시겠니? 엄마가 얼마나 알뜰하신데……"

병원에서 만난 엄마는 우리가 알던 발랄하고 생기 넘치던 엄마가 아니었어요. 항암제 부작용으로 쉴 새 없이 부글대는 위를 간신히 달래면서 우리를 대하는 엄마는 차라리 찡그리는 게 나을 안쓰런 미소를 짓고 있었어요.

"엄마, 생일 축하해요."

우리는 아빠가 준비해 준 작은 케이크의 촛불을 함께 끈 후 숨겨 두었던 선물을 내밀었어요. 엄마는 엄마답게 불을 켠 듯 환한 미소를 지으며 기뻐하셨어요. 엄마는 차례로 덧신을 신고, 입술에 연고를 바르고, 머리핀을 꽂으며 고맙다

45

고 하셨어요. 마지막으로 막내가 노란 프리지어 다발을 내밀었을 때, 엄마는 고맙다는 말도 없이 좀 놀란 표정을 지으셨어요. 저는 속으로 엄마가 너무 쓸데없는 선물이라 뭐라고 말해야 좋을지 몰라 잠깐 고민하시는 게 틀림 없다고 생각했어요. 그런데 다음 순간, 엄마의 눈에 눈물이 고이는 게 아니겠어요. 얼마나 놀랐다고요.

엄마는 몇 번이고 프리지어 꽃송이 사이로 얼굴을 묻어 보더니 선미에게 이렇게 말씀하셨어요.

"선미야, 엄마한테 봄을 선물해 줘서 고마워."

눈물을 머금고 있는 엄마는 더할 나위 없이 기쁘고 행복해 보였어요.

그때 전 깨달았어요. 엄마한테 정말로 필요했던 건 발을 감싸 줄 덧신도, 입술을 보호해 줄 연고도, 제대로 감지 못하는 머리를 고정시켜 줄 머리핀도 아니었다는 것을요. 그보다는 백색의 병실에 갇힌 엄마에게 봄의 생기를 일깨워 줄 프리지어 한다발이 더 유용했던 거예요. 희한하게도 그 사실을 어린 선미만이 알고 있었던 거지요.

그 일로 전 몇 년을 두고도 풀지 못했던 수수께끼를 풀게 되었어요. 엄마와 아빠에게 선미가 필요했던 이유를 알게 된 것이었지요. 선미는 아마 프리지어 같은 존재였나 봐요. 용처가 아니라 존재 그 자체로 쓸모가 있는 선물 같은 거요.

생각해 보면 자식이라는 게 다 마찬가지인 것 같기도 해요. 철없을 때야 우리가 엄마아빠에게 대단히 도움이 되는 자식이라고 착각했지만, 결국은 두 분 인생의 수많은 어려움들 대부분이 우리로 인한 것이었잖아요. 자식이라는 건 선물로 따지자면 주인 편하게 해주는 세탁기나 냉장고가 아니라, 일생 거름 주랴 물 주랴 수고롭게만 하는 꽃화분 같은 것이지요. 아무것도 바라는 것 없이 그저 그 자리에서 잘 자라 주기만 하면 만족하고, 어쩌다 꽃이라도 피워 주면 말할 수 없는 기쁨이 되고요. 그러니 우리를 향한 엄마의 사랑의 이유를 유용함에서 찾으려고 한 것 자체가 어리석은 일이었던 것이지요.

일찌감치 부모에게 꽃된 자식의 본분을 알았던 장한 막내 선미는 지금 저에게 아주 유용한 동생이에요. 여섯 살이

나 어린 것이 제법 저를 헤아린답니다. 집에서 아이나 키우
라는 시댁의 반대에도 가게를 열어 성공할 수 있었던 건 선
미의 격려와 도움이 아니었으면 어림없는 일이었어요. 엄마
아빠가 애써 키운 꽃나무의 열매를 제가 가로채 먹는 듯한
느낌이 드는 것은 왜일까요?

연인

하루는 친구 영은이가 아이를 데리고 집에 놀러 왔다가 어렵게 입을 열었어요.

"이런 말 해야 하나 말아야 하나……."

표정으로 봐서는 심각한 내용인 것 같길래 빨리 말해 보라고 재촉했지요.

"놀라지 말고 들어. 너희 아버지 바람 피우시는 것 같아."

"뭐?!"

놀라지 말라고 했다고 안 놀랄 수가 없었어요. 갑자기 진공 상태의 공간에 갇힌 것처럼 귀는 먹먹해지고 침조차 삼

킬 수 없을 정도로 온몸의 근육이 무력해졌어요. 제 남편이 외도한다는 이야기를 들었어도 그 정도로 놀라지는 않았을 거예요. 이 세상 모든 남자들이 온통 바람을 피운다 해도 단 한 사람, 우리 아빠는 그러지 않을 거라는 확신이 있었거든요. 그런 아빠마저 못 믿을 세상이라면 차마 살 가치도 없는 곳이라고 생각했어요. 저에게 있어서 아빠의 외도는 인간 자체에 대한 불신까지 불러일으킬 중차대한 사건이었답니다. 수초 동안에 수백 가지 생각을 벌써 해버린 저는 다시 마음을 정리하고 차근차근 영은이를 신문했어요.

"넌 그걸 어떻게 알았는데? 자세히 좀 얘기해 봐."

영은이는 떠올리기도 싫다는 듯 얼굴을 찡그리더니 자기가 목격한 장면을 이야기하기 시작했어요.

"지난 주말 길에서 너희 아버지를 봤는데, 글쎄 웬 여자하고 다정하게 팔짱을 끼고 가시는 거야. 설마설마했는데, 너희 아버지가 틀림없더라고. "

"지난 주말? 그게 어디였는데?"

"인사동."

저는 짚이는 데가 있어서 좀 더 자세히 물어봤어요.

"그 여자 혹시 자주색 코트 입고 있지 않았니?"

"맞아."

"목에는 같은 색 털 목도리를 하고."

"맞아. 근데 어떻게……?"

저는 큰숨을 한껏 몰아쉰 다음 영은이의 등짝을 짝 소리 나게 후려쳤어요.

"깜짝 놀랬잖아, 이 기지배야! 그거 우리 엄마야!"

그게 엄마아빠가 돌아가시기 1년 전 쯤의 일이네요.

사실 영은이가 엄마 얼굴조차 제대로 확인 안해 보고 그런 오해를 해버린 것도 나름 이유가 있는 일이었어요. 우리나라에서는 중년 이후의 남녀가 다정하게 붙어 있는 것을 보면 죄다 불륜일 거라고 생각해 버리고, 실제로도 그런 경우가 많으니까요. 아직 부부끼리 내외하는 전통이 남아 있어서인지, 오히려 남처럼 떨어져 있어야 진짜 부부다워 보이는 모순이 존재하지요.

그런데 엄마아빠는 다르셨어요. 환갑이 지나도 서로 손을 잡고 있거나 팔짱을 끼고 있을 때가 많았지요. 우리 자식들이 보기에도 엄마아빠는 부부라기보다는 연인이셨으니, 영은이가 아주 잘못 본 것만은 아니지요.

주변 사람들은 그런 엄마아빠를 두고 소설이나 영화에 나오는 운명적인 사랑을 운운했어요. 얼마나 천생연분이면 수십 년을 그렇게 한결같이 서로를 그릴 수 있냐고요. 하지만 전 두 분의 사랑이 운명처럼 하늘에서 뚝 떨어진 것이 아니라는 걸 잘 알고 있었어요. 엄마아빠는 서로에게 연인으로 남기 위해서 평생을 노력하셨잖아요.

뭣 모르는 아빠와 오빠들은 엄마가 태생적인 미녀였던 것으로 알고 있지만, 사실 엄마는 오랜 부지런함으로 가꾸어진 노력파일 뿐이었어요. 엄마는 아이를 넷이나 낳고도 자신을 가꾸는 것에 소홀하지 않으셨지요. 사람이 마흔 이후의 얼굴은 자신이 만드는 거라는 말이 맞는지, 엄마는 오히려 나이가 들면서 점점 더 우아한 모습의 부인이 된 거예요. 그러고 보니 엄마는 아빠 앞에서 예뻐 보이는 걸 포기하지 않으셨어요. 아빠 앞에서 한 번도 내복 바람일 때가 없었고, 몸빼를 입지도 않으셨잖아요. 또 엄마는 우스개로라도 남 앞에서 아빠를 깎아내리는 일이 없었어요. 엄마가 힘닿는 한 항상 아빠를 정성스럽게 대하려고 애쓴다는 걸 우리도 잘 알고 있었어요.

아빠도 무척 애를 쓰셨지요. 엄마가 조르지 않아도 결혼 기념일, 생일 등의 기념일을 부지런히 챙기고, 1년에 한 번 정도는 엄마와 단둘만의 여행을 계획하셨어요. 엄마가 늙어 보이는 남편은 싫어할 거라면서 화장품도 꼭꼭 챙겨 바르셨고요. 유별난 아빠의 엄마 사랑은 유명했어요.

한 번은 엄마가 봉사단체 회원들과 같이 자비로 해외 봉사를 다녀오신 적이 있었잖아요. 그때 아빠는 새벽 다섯 시에 도착하는 엄마를 마중하기 위해 공항으로 차를 몰고 가셨어요. 그 아침 아빠가 졸린 눈을 비비며 출근하고 나자, 엄마는 그제서야 저한테 속엣말을 하시더라고요.

"나오지 말라니까 그예 나와서는 저렇게 피곤해 하네. 다른 사람들이랑 다 같이 움직이니 나올 필요 없다는데도 유난을 떨어서 사람을 창피하게 만들지 뭐니. 다들 웃으면서 신랑이 잘해 줘서 좋겠다고 하니까, 그게 칭찬인 줄 알고 의기양양해서는……. 너희 아버지는 어쩜 저렇게 어린애 같니?"

그런데 그렇게 말하는 엄마의 얼굴에는 웃음이 배어 있던 걸요. 제가 보기에는 아빠가 꼭두새벽부터 헛수고를 한 건 결코 아니었어요.

저는 두 분이 사랑하는 모습을 보면서 오히려 사랑에 대한 환상을 일찌감치 깰 수 있었어요. 사랑은 선물처럼 주어지는 것이지만, 그걸 지키기 위해서는 얼마나 많은 노력을 해야 하는지 엄마아빠가 평생을 통해서 몸소 보여 주셨으니 말이에요.

사랑하는 법도 배우면 잘하는 것인지, 우리 남매들은 모두 한 시절 연애들을 걸출하게 했어요. 아직 미혼인 선미를 빼고 셋은 결혼 생활도 썩 잘하고 있지요. 일생을 연인으로 사신 두 분의 자식으로서 불만도 많았던 것 같은데, 하나도 기억이 나지는 않네요.

그날…… 사고 현장에서 엄마아빠를 보았다는 구조대원에게 들었어요. 그들이 두 분을 발견했을 때 서로 손을 꼭 잡고 계셨다고요.

우리에게는 무정하지만 참으로 두 분다운 마지막이 아니

었나 싶어요. 지상에서의 사랑을 영원으로 연장하신 엄마 아빠…… 질투 나면서도 그리워요.

나에게 반했어

저는 아빠가 그토록 기다려 마지 않던 첫번째 딸이었어요. 아들 둘을 내리 낳은 아빠는 솜사탕처럼 살살 녹도록 애교를 부려대는 딸이 꿈에도 갖고 싶었다나요. 엄마가 막내인 선미를 더 애틋해 하셨다면 아빠는 딸로서 첫정을 들인 저에게 더 경도돼 있으셨지요.

그런데 아빠의 끔찍스러운 딸인 저는 어려서 남자아이들에게 별로 인기가 없었어요. 제 첫사랑 은철이 기억하시죠? 왜 모든 아이들의 초등학교 시절 짝사랑 상대는 죄다 반장인지 모르겠지만, 저도 반장인 은철이를 혼자 좋아했어요.

그런데 발렌타인 데이에 어렵게 초콜릿을 건넸을 때, 저는 아주 냉정하게 거절을 당했지요.

"난 네가 싫어."

용돈을 모아서 산 초콜릿은 선국 오빠가 옳다구나 하고 다 먹고, 상처받은 저는 실의에 빠졌어요.

"아빠, 나는 아무도 좋아하지 않는 못난이인가 봐. 커서 시집도 못 갈 거야."

아빠는 꺼이꺼이 우는 제 머리를 다정하게 쓰다듬으며 위로해 주셨어요.

"은철이가 널 싫다고 해서 네가 못난이인 건 아냐. 사람마다 다 취향이라는 게 있는데, 너랑 그 애의 취향이 맞지 않았을 뿐인 거야. 생각해 봐. 선형이는 〈은하철도 999〉에 나오는 메텔이 만화 주인공 중 제일 예쁘다고 하지만, 선국인 메텔이라면 칙칙하다고 질색이잖아. 반대로 선국이가 예쁘다는 요술공주 밍키는 선형이가 머리가 짧다고 싫어하고 말이야. 다른 누군가는 틀림없이 너를 좋아하고 있을 거야."

나름대로 논리적인 아빠의 설명 덕에 저는 실연의 아픔

을 딛고 일어설 수 있었어요. 그렇지만 한번 잃은 자존감은 쉽게 회복되지 못했어요. 저는 제가 아무도 좋아하지 않는 못난이라는 사실을 늘 의식하면서 지냈지요.

그런데 그런 제가 개교 기념 행사에서 백설공주 역을 맡게 되었던 거예요. 원래 아마추어 연극이라는 게 그저 예쁜 아이를 주인공으로 앉히는 걸 관행으로 하지만, 저는 워낙에 끼가 있어 놔서 누구도 이의를 달진 않았어요.

공연이 있던 전날 저녁, 집에서 백설공주 의상을 입어 본 저를 두고 오빠들이 놀려댔어요.

"이렇게 뚱뚱한 백설공주가 어딨어?"

"왕자님이 구해 주러 왔다가 얼굴 보고 도망가겠다."

짓궂은 오빠들을 때려 주겠다고 설치고 있는데 그때 아빠가 퇴근해 들어오셨어요. 아빠는 드레스를 입은 저를 보더니 깜짝 놀라셨어요.

"어이구야! 이게 누구야?"

아빠는 넋을 잃은 얼굴로 저를 바라보셨어요.

"우리 공주님이 이렇게 예뻤구나, 이렇게 예뻤어. 진작에 알았지만 이렇게 예뻤어."

철없는 어린애였지만 저는 정말로 아빠가 저한테 반했다는 걸 알 수 있었어요. 부모가 제 자식 예쁘다고 하는 것만큼 공허한 칭찬이 없건만 그때만큼은 달랐어요. 저한테 홀딱 매료된 아빠의 얼굴 표정을 보니, '내가 정말 예쁜가?' 하는 생각이 들기 시작하더라고요.

그때부터였던 것 같아요. 제가 스스로를 예쁜 애라고 생각하고 자신감을 얻게 된 건. 그래서인지 저는 정말로 자라면서 점점 예뻐졌고, 고등학교를 졸업할 무렵부터는 한 번만 만나 달라는 남학생들을 줄줄이 거느리게 되었어요. 초등학교 시절 저를 박대했던 은철이를 제 쪽에서 거절하기에 이르렀지요.

얼마 전에는 대청소를 하면서 옛날 사진들을 정리하게 되었어요. 빛바랜 사진들 속에서 20년 전 백설공주 드레스를 입고 찍은 사진을 찾아냈어요. 그런데 웬걸요. 사진이 잘못 나왔을 수도 있다는 사실을 수십 번 감안하더라도 저는 결코 예쁜 애가 아니었어요. 터질 듯한 볼 살에 묻힌 작은 눈, 납작한 코, 여름방학에 대책 없이 태워 버린 검은 피부……. 오빠들 말대로 공주를 구원하러 온 왕자가 울고 돌아갈 모습이었어요. 그에 비하면 지금의 제 외모는 그야 말로 환골탈태, 백조가 된 미운 오리새끼에 다르지 않은 거예요.

분명 둘 중 하나였어요. 아빠가 거짓말을 했거나 아니면 아빠 눈이 잘못되었거나. 그러나 저는 그때 아빠가 진심으로 저한테 반했었다는 것을 알고 있었어요. 그러니 결론은 자동적으로 후자가 되는 셈이지요.

모든 부모는 자식한테 반해야 한다는 말이 있어요. 반한 다는 것은 상대방의 미운 구석을 보는 눈이 멀어 버린다는 의미이지요. 백설공주로서 당치 않은 새까만 피부와 살에 묻혀 작아져 버린 눈 코 같은 건 보지도 못할 정도로 눈이 흐려졌던 아빠는, 일단 부모 자격 합격점일 정도로 저한테 반해 있었던 거예요.

돌아가실 때까지 초지일관 저를 바라보기도 아깝게 예쁘 다고 하시던 아빠. 수많은 남자들의 프러포즈를 받았지만 아빠만큼 저한테 반한 사람은 없었어요.

아버지의 책

아빠는 글 쓰는 걸 좋아하셨어요. 글 쓰는 일이 업인 선미는 분명 아빠를 닮은 게지요. 다행히 엄마는 글 읽는 걸 좋아해서 아빠는 엄마에게 편지 쓰는 일로 작가가 될 뻔 한 문객의 창작욕을 해갈하셨어요. 엄마가 간직하고 있던 아빠의 편지가 라면 박스로 하나였던 것도 무리가 아니에요.

곧잘 서점에 들르시곤 하던 아빠가 하루는 재미있는 책을 한 권 사가지고 오셨어요. 『사랑하는 사람에게』라는 제목의 그 책은 겉보기에는 여느 책과 다름없는데, 안에 글이 하나도 없이 비어 있는 거예요. 내용을 스스로 채워서 책을 만들어 선물하라는 의미였지요. 저는 참 상술도 여러 가지 다 하고 지나쳤지요.

그렇게 몇 달 쯤 지난 제 생일날, 아빠는 그 책을 저한테 선물하셨어요. 대충 후드드 넘겨 보니 빼곡히 글씨가 씌어져 있고 어느 페이지에는 용돈이 끼워져 있었어요. 저는 돈만 냉큼 꺼내 챙기고 글은 읽지도 않았어요. 그렇지 않아도 책 읽는 건 딱 질색인 제가 눈에도 잘 들어오지 않는 필기체를 읽고 싶었을 리가 없지요. 게다가 훈계 위주의 뻔한 내용일 거라고 짐작해 버리고 나니 더욱 읽기가 싫었어요. '나중에, 나중에' 하다가 그 책은 몇 년 동안 제 지문도 못 묻혀 보고 책장에 머물게 되었지요.

제가 의류 회사에 다니던 시절 지방 근무를 얼마간 한 적이 있었어요. 멀리 떨어져 자취를 하면서도 집에 자주 다니러 오지 않는다고 적이 서운해 하셨었지요. 그때 제가 새벽 세 시에 집에 전화를 한 적이 있었는데, 기억하세요? 자취하는 친구에게 걸려던 걸 잘못 걸었다고 말하자, 아빠는 그 곤한 와중에도 빠짐없이 제 안부를 물으셨지요.

이제니까 드리는 말씀이지만, 그 무렵 저 무척 힘들었어요. 어쩌면 제 인생을 통해 가장 힘든 시간일 수도 있을 만큼요. 그때가 아빠엄마에게도 인사시켜 드린 적 있는 그 사람과 헤어지고 났을 때였어요. 식구들한테는 남자와 한두 번 헤어져 보냐며 초연한 척했지만, 실은 저 괜찮지 않았어요. 이 사람을 위해서라면 죽을 수도 있겠다 싶을 만큼 사랑했던 사람이었기에 헤어지고 나서의 상실감도 컸어요. 주변에 마음 기댈 사람이 하나도 없어서였는지 그 상실감은 걷잡을 수 없는 우울증으로 발전했지요. 내성적인 선미가 늘 부러워할 만큼 활달했던 저도 우울증에는 속수무책이었어요. 회사 생활도 힘겨웠고, 하루하루 사는 낙이 없었지요.

그러던 어느 날 밤, 불면증을 달래느라 우울한 음악을 듣고 있던 저는 갑자기 죽어야겠다는 생각이 들었어요. 너무나 못나고 어리석어서 세상 살기에 적합하지 않은 저 스스로를 하루 빨리 없애 버리고 싶다는 생각도 들었고, 저를 져버린 그 사람을 죄책감으로 괴롭게 하고 싶기도 했어요. 일단 그런 생각이 들자 마음이 조급해져서 한시라도 빨리 죽고 싶어지더라고요. 저는 우울증이 시작되면서부터 조금씩 사 모으기 시작한 수면제 무더기를 책상 서랍에서 꺼냈어요. 약을 한 입에 털어 넣고, 저는 유언장을 쓰기 위해 종이를 찾았어요.

그때 책꽂이 한 켠에 꽂혀 있는 그 책이 제 눈에 들어온 거예요. 몇 년간 쳐다보지도 않던 아빠의 책 말이에요. 문득 지금 읽지 않으면 영영 여기에 무슨 말이 쓰여 있는지도 모르고 죽겠다는 생각이 들었어요. 그래서 유언장을 쓰기로 한 것도 잠시 잊고 그 책을 펼쳐 보았지요. 앞부터 차근차근 읽을 엄두는 나지 않고, 무작정 펴서 책장을 갈라 펼쳐 보았는데 거기 이런 말이 써 있었어요.

너희가 철들고 나서는 한 번도 못해 봤지만, 그래도 내가 늘 품고 있는 말이 있다. 내 딸 선경아, 널 사랑한다…….
언제나, 네가 이 글을 읽고 있는 지금 이 순간에도.

저는 미처 생각 못했어요. 제가 목숨을 끊으려는 바로 그 순간에도 저를 사랑하고 있는 사람이 있었다는 사실을 말이에요. 다음 순간, 저는 죽을 만큼 살고 싶어졌어요. 저는 당장 화장실로 달려가 목에 손가락을 넣어 방금 먹은 것들을 모두 게워냈어요. 먹자마자 토해서인지 저는 병원에 갈 필요도 없을 만큼 무사했어요.

그 새벽, 울면서 아빠의 그 기나긴 편지를 모두 읽었어요. 그러고 나서 무작정 전화를 걸었던 거예요. 그때가 새벽 세 시라는 사실은 중요하지 않았어요. 아빠 목소리가 너무나 듣고 싶었거든요.

그때 정말로 죽었으면 어땠을까 생각하기도 싫어요. 때론 죽지 못해 안달이었던 그 어리석은 처녀가 정말 나였나 싶을 만큼 그때의 감정이 기억나지 않는답니다. 그래서 사람의 목숨이란 게 한없이 소중하면서도 한순간 너무나 허무하게 스러질 수도 있다는 걸 저는 잘 알아요. 사람이 거대한 절망에 떠밀려 자기도 모르게 죽음의 경계를 넘어서려고 할 때, 바로 그 순간 그 사람을 붙잡아 줄 수 있는 건 오로지 사랑이에요. 저는 아빠의 사랑에 뒷덜미를 잡혀 그 경계 바로 앞에서 세상으로 돌아왔지요.

아빠엄마, 형제들, 그리고 남편과 아들 한별이를 그윽히 지켜보다가도 어느 순간 지금이 아니면 영원히 안 될지도 모른다는 두려움이 끼쳐 와서 사랑한다고, 좋아한다고 말하게 되는 때가 있었어요. 그것도 모르고 다들 제가 정이 많아서 그렇다고들 말했지요. 그 덕에 아빠엄마에게 마지막까지 사랑한다는 말을 많이 할 수 있었지만, 그래도 아쉬워요. 더 많이, 더 정성을 담아서 말할걸.

그래서 사랑은 순간순간 쉬지 않고 해야 하는 것인가 봐요.

첫 여행

　제가 고등학생이 될 때까지도 우리는 식구들끼리 변변히 여행이란 걸 간 적이 없었어요. 우리가 어려서는 몸이 약한 엄마가 네 아이를 건사할 엄두가 나지 않아서 못 갔고, 커서는 우리가 친구들끼리 놀러 다니기 바빠서 못 갔지요. 생각해 보면 그땐 다들 그렇게 살았던 것 같아요. 여행이란 말 자체가 사치스러운 것이었고, 먹고 살기 바쁜 대부분의 사람들은 휴일에 교외로 나들이 한 번 가는 것도 큰일이었지요. 그래서 그런지 우리에게는 매번 방학이란 게 괴롭기 짝이 없었어요. 어찌나 심심한지 오빠들과 만화책을 돌려 보고 방학 특선 만화영화를 봐도 하루 해가 남을 정도였어요. 그때에는 요즘 아이들처럼 학원이다 과외다 바쁠 일이 없었으니, 쉬엄쉬엄 탐구생활 몇 장 풀고 오빠들과 만들기 몇 개 하고 나면 할 일이 바닥나 버리기 일쑤였지요. 저는 시골에 외가나 친가가 있어서 놀러 가는 아이들이 얼마나 부러웠는지 몰라요.

방학이 심심하기는 제가 고등학생이 되어도 마찬가지였어요. 보충 수업이니 방학 과제니 해서 어려서보다 바쁘기는 했지만, 그 얼마 안 되는 여유가 얼마나 따분했는지 몰라요. 아르바이트다 농활이다 대학생이 되어서 더 바쁜 선형 오빠를 빼놓고, 우리 셋은 그 뜨겁던 여름방학의 끝에서 예민해질 대로 예민해져 있었어요. 그때 선국 오빠와 제가 사상 유례가 없을 정도로 화끈하게 한판 붙었지 뭐예요. 싸움이란 게 늘 그렇듯 원인은 너무나 사소해서 기억조차 안 나요. 그러나 선국 오빠가 제 머리채를 잡아당기고 제가 선형 오빠 야구방망이를 휘두르며 길길이 날뛰다가 엄마가 아끼는 난 화분을 깨부순 것 등 그 과정은 눈앞의 일인 듯 생생해요. 거칠게 싸우는 우리를 말리면서 선형 오빠가 불같이

화를 내고, 선국 오빠와 저는 그런 선형 오빠에게 덤비다가 셋이 같이 싸우고, 그 장면을 보고 겁을 먹은 선미가 울어 대고…… 말도 못할 아수라장이었지요. 외출했다가 돌아오셔서 그 장면을 목격하신 아빠와 엄마는 충격을 받으신 것 같았어요. 아빠는 문초할 필요도 없이 사건의 주범이 틀림없는 선국 오빠와 저를 눈물이 쏙 빠지도록 꾸짖으시고는 안방에 문을 걸어 잠그고 들어가 두문불출하셨어요. 그리고는 만 하루 만에 나오셔서는 폭탄 선언을 하셨지요.

"우리 자가용 산다!"

우리는 아빠가 지금 뜬금없이 무슨 소리를 하시나 했어요. 80년대 중후반 당시만 해도 자가용이 지금처럼 흔하지는 않았어요. 우리는 우리 집이 차를 거느릴 만큼 형편이 좋다고는 생각하고 있지 않았으니, 차를 사겠다는 아빠의 말씀이 비현실적으로 들린 거지요.

"너희가 이렇게 각박해진 것은 다 부모된 우리의 잘못이다. 아름다운 거 좋은 거 많이 보고 많이 느끼게 해주었어야 하는 건데, 내가 그러지 못했다. 이제 차 사서 여행 많이 다니자."

엄마가 부은 적금에 아빠가 오디오를 사려고 모은 돈을 보태서 드디어 차를 장만하게 되었어요. 아빠는 평생 하이파이 오디오 취미를 위해 돈을 모으셨지만, 정말로 거기에 돈을 쓰신 건 단 한 번뿐이었지요. 늘 우리 때문에 목돈이 필요한 일이 생겼고, 아빠는 그때마다 최신 스피커의 꿈을 포기하셨어요. 전에 사귀던 남자친구 중 하나가 하이파이 마니아여서 아빠가 그때마다 어떤 기분이었을지 저는 잘 알아요. 아빠는 팔 한짝을 잘라내 차와 바꾸는 심정이셨을 거예요.

차를 산 뒤부터 우리는 남은 방학 내내 여행을 다니며 보냈어요. 부산에 갔다가 동해안을 따라 강원도까지 되짚어 올라오는 길은 말로 다할 수 없을 만큼 굉장한 여정이었어요. 여행이라고는 학교에서 수학여행 간 것 정도였던 우리는, 그때 처음으로 사람이 왜 여행을 해야 하는 건지 알게 되었지요.

엄마는 푸른 동해를 끼고 달리는 해안도로에서 이런 말을 하기도 했어요.

"나 오랫동안 잊고 살았던 게 생각났어요. 당신과 처음 사랑에 빠졌을 때 그 기분, 그게 기억이 나요."

　엄마의 애매한 말이 뭘 뜻하는지 저는 알 것 같았어요. 우리들 각자의 가슴에도 정체 모를 설렘의 감정이 일고 있었거든요. 여행은 일상 속에서라면 수십 년이 지나도 알 수 없을 인생의 다른 면들을 일깨워 준다는 걸 그때 처음 경험한 거였어요. 집 안에서 복닥대면서 싸움으로 시간을 허비하던 우리는, 이제 넓고 큰 마음으로 세상과 만나고 있었어요. 모두가 아빠와 엄마의 결단 덕분이었지요.

　마지막 여정으로 설악산 아래의 어느 민박에 머물던 그 특별한 밤은 잊을 수 없을 거예요. 우리는 주인의 배려로 마당에 화톳불을 피우고 둘러앉아 별을 볼 수 있었어요. 고구마도 구워 먹었지요 아마. 입가에 새까맣게 그을음을 묻혀 가며 구운 고구마를 먹던 선형 오빠가 기쁜 한숨을 폭 쉬며 말했어요.

　"이런 데 집 지어 놓고 오고 싶을 때마다 왔음 좋겠다."

　"나두 나두……."

　모두들 앞다투어 동의했어요. 우리 4남매들은 그때부터 각자 어려서부터 꿈꾸어 오던 '숲속의 별장'의 환상을 풀어

내기 시작했지요.

"난 우리 별장에 테라스가 있었으면 좋겠어. 테라스에는 예쁘고 조그만 티테이블하고 의자가 있고."

제가 말하자 선미도 달뜬 얼굴로 끼어들었어요.

"뻐꾸기 시계도 꼭 있어야 돼."

선형 오빠와 선국 오빠도 어린애처럼 숲속 별장의 설계 도면을 입으로 그리고 있었어요.

"별장 하면 뭐니 뭐니 해도 삼각 지붕 다락방이지. 다락 방에는 망원경으로 별을 볼 수 있게 창도 여닫이로 크게 내야 해."

"침실에는 일어나자마자 새벽 안개를 볼 수 있게 커다란 창을 낼 거야. 창이 아치 모양의 여닫이창이면 더 멋지겠지. 나중에 여자친구랑 같이 오면 엄청 좋아하겠지?"

"풍경이 멋지지 않으면 무슨 소용이야? 테라스로 나가면 앞에 시냇물이 흐르고 멀리 산이 한눈에 들어와야지."

우리는 벌써 별장을 짓고 있기라도 한 것처럼 신이 나 있 었고, 아빠와 엄마는 우리들이 신나서 떠드는 말들을 귀 기 울여 들으며 미소 짓고 계셨어요. 무엇과도 바꿀 수 없을 백만 불짜리 추억의 장면이지요. 정말 별장이 없어도 우린 그걸로도 충분했어요.

여행을 좋아하게 된 저는 어른이 되어 수많은 국내외 명소들을 다녀 보았어요. 그러나 어디에서도 그때 그 강원도 산골에서만큼 즐겁지는 않더라고요. 얼마 전에 오랜만에 설악산에 가 보았는데, 우리가 머물렀던 그 인심 좋은 민박집은 찾을 수 없었어요. 요새는 다들 시설 좋고 풍광 좋은 펜션을 좋아한다나 봐요. 어쩐지 아쉽고 처연했지만, 아빠 엄마와 함께했던 모든 것들이 다 제자리에 머물러 있기를 바라는 건 욕심이겠지요. 이젠 두 분끼리만 호젓한 여행길을 새로이 가셨는데.

아빠엄마! 이번 여행길은 어떠세요? 우리가 기다릴 수 없을 만큼 멀고 먼 여행길인데 재미가 좋으세요? 한 번쯤 꿈에서나마 바람 냄새가 맡을 만하다고 엽서 한 장 보내 주세요.

2장

내 것을 줄 수는 없나요

어머니의 마음은 어머니의 의지와 상관없이 늘 우리를 향해 무섭게 내달리고 있었던 거예요. 그래서 제동장치가 필요했던 거지요. 어머니는 자식을 위해서라면 당장에 심장이라도 꺼내 주고 싶을 만큼 앞서는 자신의 마음이 우리들에게 짐이 될까 두려우셨던 거예요. 어머니가 늘 우리와의 일정한 거리를 유지하려고 노력하신 덕에 오히려 우리 모두가 가까워질 수 있었어요. 때로는 사랑하는 사람들과도 일정한 거리를 유지해야 한다는 걸 어머니한테 배웠어요.

선물

아버지, 현진이가 벌써 초등학생이 되었어요. 이젠 저도 어엿한 학부형입니다. 입학식이 있던 날, 녀석이 느닷없이 시계타령을 하더군요. 친구들 중에 입학 선물로 손목시계를 받은 아이들이 있었나 봅니다. 아이들이 자랑하는 걸 보고 저도 마음이 동한 게지요. 하지만 그 애는 전부터 탐내던 꼬마 자전거를 벌써 선물로 받았습니다. 제가 바늘 한 자리 들어갈 틈도 없는 단호한 목소리로 안 된다고 했더니 녀석이 울먹울먹합니다.

"할아버지한테 사 달라고 했으면 사 주셨을 텐데……."

저는 갑자기 가슴이 먹먹해져서 더는 야단도 치지 않고 방으로 쫓겨 들어왔더랬습니다.

아버지는 첫 손주 현진이를 유난히 귀여워하셨었지요.

"아기란 게 원래 이렇게 간이 녹을 듯 귀여운 거였나 싶다. 너희들 키울 때도 이렇게 이뻤나 까마득해. 요새 너희 엄마하고 나 요거 꼬물거리는 거 보는 재미에 사는구나. 허허!"

현진이 볼 때마다 아버지는 입버릇처럼 이렇게 말씀하셨어요. 어린 것도 제법 아버지의 마음을 알고 많이 따랐었지요.

녀석이 세 살 되던 해였던가요. 아버지는 젊어서부터 안 좋으시던 기관지에 기어이 탈이 나셔서 작은아버지가 팬션을 하고 계시는 시골로 요양을 가시게 되었지요. 현진이 고 녀석이 '할아버지 어야 가신다'는 말에 앙 울음을 터뜨려서 저와 에미가 아주 혼이 났지요. 저는 현진이를 붙들고 차근차근 설명을 해주었습니다. 할아버지가 목이 많이 아프신데 멀리 시골에 가서 살아야 빨리 낫는다, 병이 다 나으면 오실 테니 너는 할아버지 빨리 나으시라고 기도해라…….

사람들은 어린아이들에게 말이 안 통할 거라고 생각하지

만 아이들은 생각보다 이해를 잘합니다. 현진이도 눈에 그렁그렁 눈물을 달고서 제 말을 다 듣고는 눈물을 손등으로 쓱 닦고 고개를 끄덕였지요. 아직 공갈젖꼭지도 떼지 못한 응석받이가 신통하더라고요.

아버지어머니를 배웅하고 돌아오는 길에 뒷자리에서 잠이 든 녀석을 보니 어딘가 허전해 보였습니다. 가만 보니 항상 물고 다니던 공갈젖꼭지 없이 잠들어 있는 것이었습니다. 그렇지 않아도 공갈젖꼭지 빠는 버릇을 고쳐 주려고 벼르고 있던 참이긴 했지만, 녀석이 그거 없이는 잠을 못 자기 때문에 당장 그날 밤이 걱정이었습니다. 다음날 회사에서 중요한 회의가 있어서 저는 잠을 제대로 자 두어야 했으니까요. 우리 부부는 집에 도착하자 온 차 안을 뒤졌습니다.

시트 틈에서 발 깔개 아래까지 샅샅이 찾을 동안 녀석은 태평스럽게 잠을 자고 있었습니다. 속 모르는 사람들이야 하나 새로 사오면 되지 하겠지만, 녀석은 꼭 저 갓났을 때부터 물던 바로 그것만을 물거든요. 같은 회사의 것을 주어도 귀신같이 알아채고 뱉어내었지요.

우리가 한참 부산을 떨고선 길에서 흘린 게지 하고 포기할 때쯤 녀석은 낮잠에서 부스스 깨어났습니다.

"현진아, 너 쭉쭉이 어쨌어?"

어린 것이 저도 모르게 떨어뜨렸겠거니 하면서도 한번 물어보았습니다. 그랬더니 녀석이 태연히 대답을 하는 것이 아니겠어요?

"내가 줬어."

다른 것도 아니고 공갈젖꼭지 같은 물건을 언제 누구한테 주었다는 이야기인지 알 수가 없었습니다.

"쭉쭉이 먹으면 안 아파. 그래서 할아버지 줬어."

그제서야 일이 어떻게 된 것인지 짐작이 됐습니다. 전에 녀석이 하도 약을 안 먹길래 공갈젖꼭지에 몰래 약을 묻혀 빨린 일이 있었습니다. 그때 제가 '이거 빨면 아픈 게 낫는다'며 재촉을 했었는데, 그걸 기억하고 있나 보았습니다. 녀석은 할아버지가 빨리 나으셔서 빨리 돌아오시라고 제간에는 없어서는 안 될 중한 물건을 할아버지에게 준 것이었습니다.

"네가 나보다 낫구나."

녀석은 수염이 까끌한 얼굴을 비벼대며 꼭 껴안는 아빠를 도무지 영문을 모르겠다는 얼굴로 귀찮아할 뿐이었습니다.

　다음날 날이 밝기가 무섭게 아버지가 바삐 전화를 하시더군요.

　"아범아, 어떻게 된 일인지 현진이 공갈젖꼭지가 내 윗도리 호주머니에 들어 있더구나. 그거 없으면 안 되는 앤데, 어제 잠 설치지는 않더냐?"

　주머니에서 공갈젖꼭지를 발견하시고 황당해 하셨을 아버지 표정이 떠올라 한참을 웃었습니다. 한동안 그 일은 우리가 모였을 때 더없이 유용한 이야깃거리가 되어 주었지요.

　그 후로 현진이는 더 이상 공갈젖꼭지를 찾지 않았습니다. 아내하고 제가 오랫동안 빼앗고, 숨기고, 과자 안 준단 위협을 해도 고칠 수 없었던 버릇이었습니다. 사랑의 힘이 세다는 것은 식상한 금언집에서 스치듯 보게 되는 것처럼 추상적인 진리가 아님을 깨달았지요.

　사랑은 언제나 가까이 있습니다. 여기 아버지가 남기신

사랑이 쑥쑥 자라고 있다는 걸 잊지 않으렵니다.

참, 아버지. 녀석에게 시계를 사주어야 할까요? 말까요?

하나뿐인 태권 V

어머니아버지는 늘 제가 너무 철이 일찍 들었다고 안쓰러워하셨지요. 용돈이 떨어져도 달라는 말을 못하고 있다가 부모님이 먼저 쥐어 주어야 겨우 지갑을 채웠던 일, 서로 더 먹겠다고 아귀다툼인 동생들에게 늘 간식거리를 양보했던 일들을 기억하시며 대견스러워하기도 하셨어요.

"우리 선형이는 자라면서 무얼 사 달라고 조르는 걸 본 적이 없어요."

어머니는 늘 이렇게 말씀하셨습니다. 그런데 사실은 꼭 한 번, 온 동네가 들썩거릴 정도로 부모님을 조른 일이 있었어요.

제가 열 살 때에는 우리 또래들에게 로보트 태권 V가 인기 최고였어요. 극장에 가서 만화영화를 보고 온 아이들은 태권 V와 꼭 닮은 장난감 로보트를 사 달라고 부모님들을 밤낮으로 볶아댔지요. 친구들이 성화에 지친 부모님에게서 조립식 태권 V를 얻어내면, 저는 친구들이 플라스틱 부품을 조립해 본드로 붙이는 것을 도와주고는 그 대가로 몇 번 빌려서 놀곤 했어요. 그래도 저는 꼴깍꼴깍 침을 삼키기만 하고 그것을 가져 볼 엄두는 내지 못했어요. 그해 초 막내 선미가 태어나면서 저는 졸지에 동생 셋을 거느린 준 가장이 되었고, 평범한 샐러리맨이었던 아버지의 월급만으로 꾸리는 우리 집 살림은 제가 걱정해야 할 만큼 빠듯했으니까요.

하루는 정호라는 친구 녀석의 집에 갔었어요. 왜, 아시죠? 그 애 어머니 치맛바람이 대단했었잖아요. 그 집에는 별의별 장난감이 다 있었는데, 저는 그날 마법에 걸린 듯 제 시선과 온 정신을 순식간에 빨아들이는 물건을 하나 발견했던 거예요. 바로 로보트 태권 V였지요. 이전에도 태권 V 프라모델이야 숱하게 보았지만, 그건 좀 특별한 것이었어요.

재질과 색깔이 조악하고 온통 본드 찌꺼기가 묻어 있는 조립식 로봇이 아니라 후광까지 이고 있는 듯한 완제품 고급 사양 태권 V였던 거예요. 고급스럽고 화려한 색깔에 관절까지 움직일 수 있었지요. 그놈을 보자마자 저는 장남으로서의 책임과 선미의 분유값 등 모든 인내의 이유들을 깨끗이 잊고 말았어요. 오로지 저놈을 손에 넣고야 말겠다는 생각뿐이었지요.

그날부터 저는 어머니를 조르기 시작했어요.

"무슨 장난감이 그렇게 비싸? 어려서부터 그렇게 돈 쓰는 것에 버릇 들이면 안 좋아."

처음부터 어머니한테는 안 통할 줄 알았어요. 이틀 만에 포기하고 아버지를 졸랐더니 역시 눈빛이 흔들리시더라고요. 아버지는 어린 사내아이의 장난감에의 로망을 이해하고 계셨던 거지요. 그렇지만 매달 차비나 겨우 넘기는 용돈을 받던 아버지한테는 무리였을 거예요.

어느 날 아버지는 거짓말처럼 로보트 태권 V를 사오셨어요. 좋아서 날뛰던 저는 그러나 그게 색깔도 없는 조립식 로보트인 것을 확인하고는 낙담하고 말았지요.

"완제품이 아니면 어떠냐? 다 똑같은 태권 V인데. 아버지가 멋지게 만들어 주마."

'만들든 말든……'

외투를 벗고 조립 부품부터 펼쳐 놓는 아버지의 말을 귓등으로 흘리고 저는 방에 가 틀어박혔어요.

그로부터 며칠 동안 아버지는 날마다 퇴근 후에 로보트 태권 V에 매달리셨어요. 무얼 얼마나 꼼꼼하게 하시길래 그렇게 오래 걸리는지 몰랐지만 전 관심도 없었지요.

"드디어 완성이다. 우리 착한 장남을 위한 유일무이한 태권 V다!"

아버지가 내려놓는 로보트를 시큰둥하게 건너다 보던 저는 두 눈이 휘둥그레졌어요. 그건 제가 알고 있던 조악한 태권 V가 아니었어요. 선명한 빨간색 V를 가슴에 꽂고서 만화 영화 스크린에서 튀어나온 것 같은 멋진 모습을 하고 있었지요.

아버지는 유성 물감을 구해다가 로보트에 색을 입힌 거였어요. 그 태권 V는 가는 붓선 하나 엇나가지 않게 색이 칠해져 있었어요. 머리 부분에는 조종석에 앉아 있는 훈이와 영이의 모습까지 그려져 있었어요. 어찌나 정교하게 그려 넣으셨는지 전투에 열중하는 그들의 진지한 표정까지 읽을 수 있을 정도였지요. 비록 관절이 구부러지지는 않지만 정호네 집에서 본 그 완제품 태권 V보다 훨씬 훌륭했어요. 이런 태권 V를 가진 남자애는 우리 학교, 아니 이 세상에서 나 하나밖에 없을 거라고 생각하니 저절로 입이 벌어지고 웃음이 배실배실 흘러나왔어요. 아버지는 흐뭇하게 바라보실 뿐이었지요. 아주 나중에 만화가가 되고 싶어 그림을 배우게 됐을 때에야 저는 그때 아버지가 바늘과 돋보기를 가지고 눈알이 뻐근하게 작업을 하셨다는 걸 미루어 알게 되었습니다. 그러나 철없는 어린 것의 마음에도 뭔가 짚이는 것이 있었던지 저는 그 태권 V를 지독히도 아꼈고, 두 번 다시 무언가를 사 달라고 조르지 않았습니다. 몇 년 후 이사하면서 그 녀석을 잃어버렸을 때 제가 얼마나 서럽게 울었는지 기억하시죠?

어제는 할인점에서 같이 장을 보던 현진이가 새로 나온 블록 세트를 사 달라고 조르더군요. 현진 에미는 집에 블록이 쌓여 있는데 뭘 또 사냐고 혼을 냈고, 딸아이는 블록이라고 다 같은 블록이 아니라며 맞받아쳤습니다. 가부를 따지자면 틀림없이 현진 에미 말이 맞습니다. 집에는 갖고 놀기에 충분한 블록이 이미 있고, 아이가 지목하는 블록의 가격도 만만치 않았으니까요. 올바른 소비 습관을 위해서도 옳은 일은 아닙니다. 그런데도 저는 그 장난감이 미치도록 사 주고 싶었습니다. 백 가지의 합당한 이유도 무언가를 간절히 원하는 내 자식의 눈빛 앞에서는 무용지물이 되더란 말입니다.

문득 그때의 아버지는 어떤 마음이셨을까 하는 생각이 들었습니다. 아들이 원하던 그 한 가지조차 해줄 수 없었던 아버지의 마음은 어떠셨을까. 어떤 심정으로 장난감을 색칠하셨을까……

어쩌면 근사한 태권 V를 더 갈망했던 사람은 제가 아니라 아버지가 아니었을까 하는 생각을 해보게 됩니다.

내가 왜 심란해?

제가 행정고시에 합격하기 얼마 전이었으니 90년대 초반 쯤이었겠지요. 온 식구가 모여 과일을 깎아 먹으며 한창 시끌벅적한 저녁 시간이었습니다. 텔레비전은 텔레비전대로 떠들고, 프로그램에 대한 각자의 논평이 더 거창한 우리 집 특유의 풍경이 연출되고 있을 때였어요.

뉴스에서는 경제가 어렵다는 둥 실업자들이 늘어나고 있다는 둥 하는 소식들을 전하고 있었지요. 지금 돌아보면 그땐 우리나라 경제가 비교적 호황이었는데, 사람들은 언제나 자기가 처한 바로 그 시점이 가장 힘들 때라고 생각하는 습성이 있나 봅니다. 뉴스 앵커의 심각한 멘트가 나오는 동안 어머니는 과육을 베어내고 난 사과 씨 기둥을 야금야금 드시면서 범상하게 말씀하셨어요.

"저런저런…… 실업자가 늘어난다네. 젊은 사람들이 자꾸 일자리 잃고 그러면 얼마나 좌절감이 심하겠어?"

어머니의 그 말에 각자 떠들어대던 우리들은 일제히 말을 멈추고 어머니를 바라보았더랬지요. 그도 그럴 것이 그때 저는 1차 시험에만 두 번 떨어진 채 기약 없는 고시 공부를 하던 신세였고, 선국이는 자기 사업을 하겠다고 잘 다니던 회사에 사표를 던지고 집에 있었으며, 선경이는 아직 취업을 하지 못한 대학 졸업반이었습니다. 우리 남매 중 유일하게 선미만이 '고등학생'이라는 확실한 직업을 갖고 있었지요.

"엄마, 대한민국 백수들 여기 다 모여 있수. 지금 남 걱정하게 생겼어요? 엄마는 저런 거 보면 심란하지도 않아요?"

선경이가 기가 막히다는 듯 말했어요. 그랬더니 어머니는 '그런가?' 하면서 전혀 새로운 사실을 알았다는 표정을 지으셨지요. 그 다음 이어서 하신 말씀이 불후의 걸작이었어요.

"근데 내가 왜 심란해? 장래 고위 공무원에, 젊은 기업 사장님에, 패션계 유명 인사, 스타 작가가 다 여기 있는데?"

우리는 그날 어머니와 함께 허허 웃고 말았지만, 어머니의 그런 긍정적인 성격은 우리 모두의 장래에 엄청난 영향을 끼쳤어요. 아주 많은 시간이 흐른 다음의 일이지만, 정말로 우리는 그때 각자가 꿈꾸던 모습으로 오늘을 살고 있으니까요. 선국이는 시행착오 끝에 특허를 낸 기술로 사업에 성공을 했고, 선경이도 소문 난 패션 멀티숍 몇 개를 운영하며 사장님 소리를 듣고 있지요. 선미도 어머니의 예언대로 유명한 동화책 몇 권을 쓴 작가가 되었고요. 어머니의 낙천적인 기다림을 진작에 배울 수 있었다면, 저도 부모님을 대신한다며 동생들을 들볶고 애를 태우고 상처 입히는 일은 없었겠지요.

10년이 넘는 동안 우리들 각자가 제 몫을 해내는 사람이 되기까지, 후미진 곳에서 시답잖은 대우를 감수했던 건 당연했어요. 그러나 제가 생각하기에 우리는 항상 행복했던 것 같습니다. 아마도 도무지 걱정이란 걸 하지 않으시던 어머니는 좋은 것에만 반응하는 이상한 칩 같은 걸 우리들 깊숙이 심어 놓으셨나 봅니다.

어깨 위의 반달

　장마 중 반짝 더웠던 어느 하루였을 거예요. 땀을 줄줄 흘리시는 아버지에게 등목 해드릴까 여쭤 봤었지요. 모처럼 병원에서 벗어나 쉬고 계시는 아버지의 웃는 얼굴이 한결 수척해 보여서 그랬어요. 그때는 어머니가 자궁암 진단을 받고 치료를 위해 입원해 있으실 때였습니다. 온 가족이 두려움과 근심 속에서 하루하루를 보내던 시기였지요.

　등목을 해드리다가 저는 아버지 어깨에서 이상한 것을 발견했어요. 어깨와 목 사이에 반달 모양으로 살이 검게 죽어 있는 것이었어요.

"아버지, 이게 뭐예요?"

"으응…… 어디 좀 부딪혀서 그래."

"어디에 어떻게 부딪혔길래 이렇게 멍이 들어요?"

"글쎄…… 그게 잘 생각이 나지 않는구나."

어딘가 석연치 않은 아버지의 대답에 찜찜해 하면서도 그러려니 했었지요. 그런데 옷을 갈아입으실 때마다 보게 되는 아버지의 어깨에는 꽤 한참 동안 멍자국이 보였어요. 왜 사라지지 않는지 저로서는 알 수 없는 일이었어요. 그러던 그 여름의 어느 날, 저는 그 이유를 알게 되었지요.

어머니의 병원비로 어려워진 집안 살림 때문에 다음 학기 등록금까지 걱정하게 된 저는 백방으로 아르바이트 자리를 알아보고 있었지요. 우연히 아버지가 주말마다 부업을 하신다는 걸 알게 된 저는 저도 그 일을 하게 해 달라고 했어요.

"힘든 일이어서 안 되는데."

"아버지가 하시는 일인데 아무렴 팔팔한 제가 못하겠어요?"

무작정 따라 나서고 보니 아버지의 부업은 이삿짐 업체에서 짐을 나르는 일이었어요. 그냥 짐만 나르면 되는 줄 알았던 그 일은 생각보다 힘들었어요. 큰 짐을 들지 못해서 쩔쩔매는 저를 보고 안타까워하시던 아버지는 요령을 가르쳐 주셨어요.

"여기를 우선 이렇게 들어 무게 중심을 옮긴 다음······ 이렇게······ 어깨에 지는 거야. 허리가 아니라 다리 힘을 이용해."

아버지가 무거운 원목 탁자의 모서리를 어깨에 턱 걸치시는 모습을 보고, 저는 그제서야 아버지 어깨의 반달이 왜 생겼는지, 또 왜 사라지지 않는지 알게 되었어요. 아버지는 결코 노련한 일꾼이 아니었어요.

아직 장마가 끝나지 않아 오전 내내 꿈틀대던 하늘이 드디어 비를 쏟아내기 시작했어요. 아버지와 저는 땅에 내리꽂듯 두드려대는 빗줄기를 고스란히 맞으며 계속 짐을 날랐지요. 한결 숱이 줄어든 머리카락이 귀에 착 달라붙어서인지 하얀 입김을 뱉으며 일을 하는 아버지는 훨씬 작아 보이셨어요. 평소 반듯하게 양복을 차려입고 출근하시는 아버지와는 턱없이 다른 그 모습을 저는 똑바로 쳐다볼 수가 없었어요.

"애, 선형아. 비도 오는데 살살 해라."

아버지는 하필이면 아들이 처음으로 일을 따라 나온 날 장대비가 내리는 게 속상하신 것 같았어요. 그렇지만 저는 아버지보다 덜 열심히 일을 할 수는 없었어요. 마음이 그렇게 되지가 않았어요.

일이 다 끝나자 집주인이 저한테 5천원짜리 한 장을 내밀더군요.

"총각, 비 오는데 수고했어요. 원래 수고비에 목욕비라도 보태라고 주는 거예요."

그 돈을 받고 서 있는데 왜 그렇게 눈물이 나던지요. 뚫어지게 내려다보던 5천원짜리 지폐 위에 빗물인지 눈물인지 모를 게 후두둑 떨어졌어요.

그날 밤 저는 어깨에 아버지의 것과 똑같이 생긴 검은 반달을 지고 잠이 들었습니다. 그리고 다음날 일어나지 못했지요. 몸살이 났던 거예요. 아버지는 그 일요일 새벽, 제가 먹을 죽까지 끓여 놓고 또 일을 나가셨습니다. 죽에는 고기까지 다져 넣으셨더군요.

유난히 정이 좋았던 아내를 잃을지도 모른다는 불안감과 생활고, 한창 자라고 배울 때인 네 아이……. 그때 아버지의 어깨에는 매주 지고 날라야 했던 장롱보다도 더 무거운 짐이 지워져 있었습니다. 아버지는 그런 속에서도 아들을 위해 다진 소고기가 들어 있는 죽을 끓일 줄 아는 분이셨어요. 어머니가 2년 만에 자리를 털고 일어나셨을 때, 저는 아버지가 그런 기쁨을 누릴 자격이 있다고 생각했었지요.

　어려운 일이 있을 때마다 전 되새겨 봅니다.

　아버지 어깨 위에 있던 그 반달이 사라지기 시작한 것은 아버지가 일을 그만둔 때가 아닌, 그 일에 단련된 때였다는 것을 말입니다.

아이를 잠들게 하는 법

저도 잘 압니다. 저는 분명 우직하고 착하고 그저 무난한 장남이었습니다. 그런 제가 우리들 중 가장 예민한 성격이라는 걸 아는 사람은 많지 않습니다. 먹는 것도 입는 것도 까탈스러운 저였지만, 밤마다 잠이 들 때 가장 어머니를 힘들게 했었지요.

아직도 저는 어린 시절 쉽게 잠을 이루지 못했던 밤의 고적한 느낌을 기억하고 있습니다.

아홉 시에 텔레비전에서 '이제 어린이들이 잘 시간입니다' 하는 멘트와 아이가 자는 모습을 그려 놓은 그림이 흐르는 시보가 나오면 괜히 초조한 기분이 되곤 했었지요. 도대체 다른 사람들은 어떻게 그렇게들 빨리 잠이 드는지 이해할 수 없었습니다.

잠이 안 오는 밤, 이번에는 또 양을 몇 마리나 세고 난 후에야 잠이 들려나 싶어 한숨을 쉬고 있으면, 동생들을 재우고 난 어머니가 몸을 일으켜 물으셨지요.

"왜? 또 잠이 안 와?"

제가 살려 달라는 눈빛을 어둠 속에서 쏘아 올리면 어머니는 제 곁으로 바싹 다가들어 손을 어루만지셨어요. 그리고는 제 손바닥을 펴서 손가락 끝으로 살살 긁으며 옛날 이야기를 들려주셨어요. 어머니의 따뜻한 손끝이 조물조물 손을 건들면 기분이 나른해지면서 어느 순간 잠이 들곤 했지요. 잠에 빨려드는 그 순간에도 저는 참 신기하다는 생각을 했었어요. 어머니의 손가락이 마술을 부리는 것 같다고 느꼈어요.

제가 중학생이 되었을 때 막 네 살이 된 선미를 그렇게 재우시는 어머니를 다시 보게 되었어요. 오랜만에 어려서의 일을 떠올린 저는 조용히 참견을 했지요.

"아이들은 원래 그렇게 손바닥을 긁어 주면 잘 자나 봐요? 왜 그럴까? 무슨 잠이 잘 드는 감각이 거기 모여 있나?"

어머니는 막 잠이 들기 시작한 선미가 깰까 봐 조용히 대답하셨지요.

"아마 그런가 봐. 그런데 너는 어려서 이 방법으로도 빨리 잠들지 않았었어. 어떤 때는 '사랑해'라는 말을 백 번이나 써야 잠이 들기도 했다니까."

어머니가 한 말을 이해할 수가 없어 뭔가 되물으려던 저는 어머니의 손가락을 보고 금세 답을 찾았어요. 어머니는 선미의 손바닥을 그냥 긁고 계신 게 아니었어요. 단풍잎 같은 선미의 손바닥에 어머니는 손가락으로 천천히 그리고 또박또박 글씨를 쓰고 계셨던 거예요. 어머니가 쓰고 계신 말은 보나마나 '사랑해'였어요.

순간, 제 기억은 멀리 십수 년 전으로 달음질쳐 갔습니다. 쉽게 잠이 들지 못해 몸을 베베 틀고 있는 어린 아들의 손바닥에 밤새도록 말없는 사랑 고백을 했을 젊은 어머니의 모습이 보였어요. 어떻게 우리들이 달고 깊은 잠을 자지 않을 수 있었겠어요?

　지금도 잠이 안 오는 밤이면 어머니만의 '잠들게 하는 비법'이 간절해지곤 합니다.

내 것을 줄 수는 없나요?

어머니는 영리한 분이셨어요. 그리고 그 연배의 중년 여성 중에서는 보기 드물게 매사 합리적이셨고요. 어머니의 주장에 의하면, 사랑이란 건 무조건 일방통행일 수 없는 것이었어요. 그래서 부모와 자식 사이에도 무조건적인 희생이란 바람직하지 않다는 것이었지요.

"우리가 너희들에게 모든 걸 다 내주고 헌신만 한다면 너희들도 분명히 부담스러울 거야. 그런 부담이 없는 관계가 좋은 거야."

어머니는 서로를 존중하는 것도 습관이 들어야 한다고

하셨어요. 그래서 다른 어머니들처럼 자기 생일을 다른 가족들이 알아서 챙겨 주기 은근히 기대했다가 잊고 넘어가면 속으로 섭섭해 하는 일 같은 건 하지 않으셨지요. 미리미리 생신 일주일 전쯤 'D-데이'를 외치셨어요.

어머니는 식구들이 모여 식사할 때, 아버지의 밥공기를 채운 다음 우리들이 아닌 어머니의 밥을 푸셨어요. 다른 어머니들이 자신의 밥을 가장 나중에 푼다는 것을 장성해서야 알게 되었지요.

자연스럽게 우리 남매들은 어머니를 소중히 대하고, 어머니가 뭔가 우리들을 위해 해주시면 고마워하게 되었어요. 그런 어머니가 친구처럼 친근하기도 했고요. 그러나 한편으로는 우리 어머니는 참 냉정한 분이구나 생각했었지요.

제가 의식적으로 우리들과 적당한 거리를 두려고 했던 어머니의 마음을 이해하게 된 건 '그 일'이 있고 나서였답니다.

제가 대학에 갓 입학했을 때였어요. 신입생 오리엔테이션에서 사귄 친구들과 어울려 다니다가 어느 순간 우리 모두가 축구를 좋아한다는 사실을 알게 되었어요. 우리는 틈만 나면 겉옷을 벗어제치고 공을 차며 뛰어다녔지요. 하루는 둘 셋씩 편을 가르고 식권 내기를 하던 게임에서 제가 절호의 기회를 잡게 되었어요. 요걸 꼭 넣어야 한다 긴장해서 공을 힘껏 찼는데, 갑자기 다리가 끊어지며 무릎이 쑥 빠지는 것 같은 통증이 느껴졌어요. 저는 운동장에 쓰러져 다리를 부여잡고 비명을 질러댔고, 놀란 친구들이 후다닥 달려들어 저를 학교에 딸려 있는 대학병원으로 옮겨 놓았지요. 거기서 의사들은 여러 가지 검사를 하고 나서 무릎에 있는 인대가 끊어졌다고 말해 주었습니다. 응급처치를 받고 혼자 병실에 누워 있자니 졸음이 밀려와서 저는 그대로 잠이 들었지요.

시간이 얼마가 지났을까……. 저는 어머니의 격앙된 목소리를 듣고 잠이 깼습니다.

"뭐라고요? 인대가 끊어졌는데 그게 다시 붙지 않는다고요? 그럼 어떻게 되는 거지요?"

"이식 수술을 해야지요."

그 말에 어머니는 한동안 대답이 없으셨어요. 진지한 대화 중인데 끼어들기가 뭣해서 저는 그냥 눈을 감은 채 듣고만 있었습니다. 한참 숨을 고르던 어머니는 한결 차분해진 목소리로 의사에게 되물으셨지요.

"인대가 없으면 어떻게 되지요?"

"아무래도 이전처럼 정상적으로 생활하기는 힘들겠죠. 제대로 걷거나 뛰지도 못할 테고, 내버려 두면 염증 등의 합병증이 올 수도 있습니다."

어머니의 걱정 어린 목소리와는 달리 의사의 말투는 아주 일상적이고 차가웠습니다. 의사의 대답을 들으신 어머니는 조금도 망설이지 않고 말씀하셨어요.

"선생님! 제 인대를 이식해 주세요."

어머니의 비장한 말에 의사는 잠깐 굳어진 듯하더니 이내 상황 파악을 하고 웃음을 터뜨렸어요. 물론 어머니는 남의 일이라고 함부로 웃음을 흘리는 의사를 원망스럽게 바라보셨지요.

"어머님, 인대는 심장이나 콩팥처럼 다른 사람의 것을 이식받는 게 아닙니다. 자신의 몸 다른 부위에서 떼어낼 수도 있고, 또 인대를 대신할 수 있는 인공적인 재료도 있습니다.

너무 걱정하지 마세요."

성격 급한 어머니는 너무 앞서 가셨던 거지요. 어머니는 휴 한도의 한숨을 내쉬셨고, 의사는 쿡쿡 웃음을 참으며 나갔습니다. 실눈을 뜨고 보니 어머니도 무안하게 얼굴을 붉히며 혼잣웃음을 짓고 계셨어요.

그러나 오로지 저만은 자꾸 나오려는 울음을 참아야 했습니다.

어머니는 제 대신 불편한 다리로 평생 살 각오를 하시고 인대를 주겠다고 하신 거였잖아요. 자식을 위해서 무조건적인 희생은 하지 않겠다고 선언한 합리적인 어머니답지 않으셨어요. 저는 그때 어머니가 '부담 없는 관계'를 강조해 오셨던 진짜 이유를 깨달을 수 있었어요.

어머니의 마음은 어머니의 의지와 상관없이 늘 우리를 향해 무섭게 내달리고 있었던 거예요. 그래서 제동장치가 필요했던 거지요. 어머니는 자식을 위해서라면 당장에 심장이라도 꺼내 주고 싶을 만큼 앞서는 자신의 마음이 우리들에게 짐이 될까 두려우셨던 거예요.

어머니가 늘 우리와의 일정한 거리를 유지하려고 노력하

신 덕에 오히려 우리 모두가 가까워질 수 있었어요. 우리에 대한 집착이 없으셨던 어머니는 우리가 차례로 곁을 떠나야 할 때 기쁘게 보내 주셨고, 우리가 돌아오면 온 마음으로 맞아 주셨어요.

때로는 사랑하는 사람들과도 일정한 거리를 유지해야 한다는 걸 어머니한테 배웠어요. 종종 어머니가 해주셨던 말씀이 생각나네요.

"사람이 서로 껴안고 딱 붙어 있으면 서로를 볼 수 없잖아. 어쩔 수 없이 서로 다른 곳만 바라보게 되지. 하지만 적당히 떨어져 있으면 내 사랑하는 사람이 어떻게 생겼고, 어떤 표정을 하고 있고, 지금 무얼 하고 있는지 한눈에 볼 수 있어. 그렇게 되면 그 사람을 위해 내가 무얼 해줄 수 있는지도 저절로 알게 되는 거야."

아버지가 없는 그림

천상 갈 데 없는 공무원인 제가 만화가가 되기를 심각하게 고려했던 적이 있다는 말을 하면 누구도 곧이듣지 않습니다. 기억하시죠? 제가 연습장에 볼펜으로 만화를 그려 친구들에게 돌려 보게 했던 것, 만화 지망생 모임에 가입해 그림 도구들을 잔뜩 사서 들여왔던 일들을요.

저는 아무래도 아버지를 닮았는지 그림 그리는 것, 이야기를 쓰는 것이 좋았습니다. 단 한 번인 인생에서 제가 기필코 해야 할 일이 만화가가 되는 것이라고 생각했었죠. 공부잘해서 화이트칼라가 되는 것이 최고의 미덕이었던 당시,

두 분도 제 결심을 전해 듣고 적잖이 당황하셨었죠. 하지만 머지않아 제 꿈을 지지해 주기로 합의를 보셨더랬죠. 그러나 막상 허락이 떨어지자 만화에 대한 제 열정은 금세 식고 말았어요. 만화가의 밥벌이가 고달프다는 현실을 알게 되면서 제가 알아서 장래 희망을 바꾸고 다시 대학 입시에 눈을 돌리게 된 거예요.

두 분은 제가 공부 쪽으로 마음을 고쳐 먹은 것을 다행스러워하셨지만, 다른 한편으로는 아쉬워하셨어요. 예술에 관심이 많은 아버지는 그림에 대한 동경이 있으셨고, 예술에 소질이 없는 어머니는 그림에 대한 환상이 있으셨지요. 두 분은 제 재주를 무척 자랑스러워하셨어요. 제가 그린 그림을 감상한 두 분의 즉석 논평을 글로 적어 묶었으면 책 몇 권은 족히 나왔을 거예요.

선국이한테 듣기로, 제가 졸업 여행을 하느라고 며칠 집을 비운 사이 대청소를 하다가 제 예전 그림을 발견한 일이 있었다면서요. 그건 우리 가족을 그린 단체 초상화였는데, 그걸 발견한 식구들은 보물을 발견한 양 즐거워하며 그림

품평을 했었다지요. 이전에 본 어떤 그림보다 좋아 보여서 다들 칭찬 한마디씩을 했는데 아버지만 시무룩하셨다고요.

"왜 이 그림에 나만 없는 거야?"

선국이가 그 말을 듣고 보니 정말 식구들이 다 있는데 아버지만 없더래요. 다들 이상하다 싶으면서도 딱히 저를 변호해 줄 구실이 떠오르지 않아 입을 다물고 있는데, 선경이가 찬물을 끼얹는 말을 한마디 했었다면서요.

"아빠한테 혼났을 때 그린 건가?"

그 말에 아버지는 더 우울해지셔서 한마디 하셨다고요.

"요즘 가장들이 점점 소외된다더니 그게 남의 일만은 아니었네, 허허……"

아버지가 방에 들어가시고 선경이는 눈치 없다고 온갖 힐난을 받았답니다. 누구보다 가정적인 가장이었던 아버지로서는 큰 충격이셨을 거예요.

아버지, 아직도 그때 제가 아버지를 미워해서 아버지를 그리지 않았다고 생각하세요? 그런 생각을 갖고 계신 채로 그렇게 멀리 떠나신 거예요? 왜 진작 저한테 물어보지 않으셨어요?

사실 그 초상화는 집에 있던 사진 한 장을 보고 그대로 그린 그림이었어요. 바로 아버지가 찍으신 사진이었지요. 그러니 아버지가 없을 수밖에요.

가족 초상화를 그리기에는 우리 식구 모두가 사진관에 차려입고 가 찍은 사진이 더 알맞았을 수도 있겠지요. 그러나 전문 사진사가 찍어 준 사진이 배경이나 구도는 더 나을지 몰라도 아버지가 찍은 사진만큼 식구들이 예쁘게 나오지는 않더라고요. 그러고 보면 사진이란 건 피사체가 되는 사람에 대한 애정을 그대로 드러내는 것인가 봅니다. 제가 딸아이 백일 사진, 돌 사진들을 한 장도 마음에 들어 하지 않는 것도 그 때문인 것 같아요. 전문가들은 제 딸 현진이의 얼굴을 잘 모르기 때문에 어떻게 찍어야 예쁜지를 잘 모릅니다. 심지어 사진에 찍힌 얼굴이 예쁘게 나온 것인지 아닌지조차 모릅니다.

저는 아버지의 속 깊은 애정으로 용케 잡아낸 우리 식구들의 표정이 좋았던 겁니다. 그래서 그 사진으로 그림을 그린 거고요. 제 목소리가 닿을 수 있다면 꼭 말씀드리고 싶습니다. 아버지는 저는 물론이고 가족 어느 누구에게서도 소외된 적이 없으셨어요.

지금이라도 제 굳어 버린 손으로 그 가족 초상화에 아버지의 모습을 그려 넣을까 합니다. 바로 제가 직접 찍은 아버지의 사진을 보고서 말입니다.

젓가락질을 잘하는구나

어머니, 초등학교 5학년 때이던가 제 짝이었던 재경이를 기억하세요?

재경이는 늘 손톱 밑이 까만 아이였어요. 늘 빨지 않은 헌 옷을 입고 있고, 또 늘 선생님께 혼나는 아이이기도 했어요. 저는 재경이가 싫은 건 아니었지만 가까이 하고 싶지도 않았어요. 단순히 그 애가 더러워서이기도 했지만, 함께 있으면 사람들이 저까지 재경이에게처럼 함부로 대할 것 같아서였지요.

어느 날, 재경이가 우리 집을 불쑥 찾아왔어요. 제가 저녁

밥을 먹는 동안 초인종 소리에 대문을 열러 나가신 어머니는 생각지도 않게 재경이를 데리고 들어오셨지요.

"서…… 선생님이 이…… 이걸 너한테 갖다 주라고……."

재경이는 몹시도 어색한 듯 몸을 꼬며 공책 한 권을 내밀었습니다. 그건 다음날까지 숙제를 해 가야 하는 과목의 공책이었던 것으로 기억됩니다. 아마 청소 시간에 교실에서 내가 잃어버린 공책이 발견되었고, 선생님이 청소 당번이자 제 짝이었던 재경이에게 부탁을 하신 거겠지요.

"고마워."

저는 사람들에게 소문난 예의 바른 장남이었고, 타의 모범이 되어야 할 부반장이었기 때문에 깍듯한 인사와 함께 공책을 받아 들었습니다. 그러나 재경이가 집까지 찾아온 것은 퍽이나 불편했습니다. 저런 아이가 네 친구냐고 식구들이 놀릴 것만 같았거든요. 지금 생각으로는 경우 없는 노릇이지만, 그때의 저는 재경이가 빨리 우리 집에서 나가 주었으면 하고 바랐습니다. 그러나 어머니는 공책을 전해 주고는 다음 행동을 어떻게 해야 할지 몰라 멍청하게 서 있는 재경이의 손을 잡아끌었습니다.

"재경이라고 했니? 선형이한테 중요한 물건을 갖다 줘서 고맙구나. 저녁이라도 먹고 가."

그렇게 해서 상 한 귀퉁이에 끼어 앉은 재경이는 유난히 지저분해 보였습니다. 저는 밥숟갈을 놓고 숭늉을 마시기 시작했습니다. 재경이가 밥 먹는 모습은 어쩐지 게걸스럽고 지저분할 것만 같아 미리 입맛이 떨어진 것이지요.

그런데 재경이는 의외로 얌전하고 깔끔하게 식사를 했습니다. 솔직히 뭐든 흘리면서 먹는 선국이보다 훨씬 보기 좋았어요. 그런 재경이를 보시고, 어머니는 따뜻하게 웃으며 한마디 하셨어요.

"젓가락질을 아주 잘하는구나. 젓가락질이라는 게 누구나 하니까 쉬운 것 같아도 그게 아니거든. 너희 엄마가 자식 교육을 아주 제대로 하시는 분이신가 보다."

어머니 말씀을 듣고 나니 정말 재경이가 좀 달라 보였어요. 여느 어른 못지않게 능숙한 젓가락질을 하며 맛있게 밥을 먹는 재경이가 전에 없이 의젓하고 번듯해 보이는 것이었어요. 그것은 사람들을 좋아하고, 늘 좋은 면만 보려고 애쓰시던 어머니의 날카로운 눈이 아니었으면 알아볼 수 없

115

었을 그 애의 재능 아닌 재능이었지요.

대놓고 바라보지는 못하고 흘끔흘끔 재경이 젓가락질 하는 걸 지켜보던 저는, 그 애의 눈가에 뭔가 반짝 하는 걸 보았어요. 설마 눈물일까 싶었는데 재경이 얼굴이 방금 목욕탕 다녀온 것처럼 벌개져 있는 것이었어요. 어머니는 재경이를 위해 계란말이를 더 만드시느라 보지 못하셨지요.

다음날, 저는 학교에서 재경이네 엄마를 보았어요. 제가 선생님 심부름으로 교무실에 있던 참이라 '제가 박재경이 엄마 되는 사람입니다' 하는 말을 들을 수 있었던 거예요. 재경이는 요 며칠 학부모 상담 기간에 어머니를 모셔 오지 않는다고 선생님께 여러 번 혼이 났었기에 저는 저절로 그쪽을 보게 되었지요.

재경이네 엄마는 한쪽 얼굴이 일그러져 있었어요. 얼굴 근육이 마비되어서 표정이 좀 이상하고 바보 같아 보였어요.

"어제 저녁에 학부모 상담이 있다는 말을 처음 들었습니다. 어린 것이 이런 모습을 한 에미가 부끄러웠나 봅니다. 그저 너그럽게 봐 주세요……."

매를 맞으면서까지 엄마를 모셔 오지 않았던 재경이의

마음을 알 것도 같았어요.

교실에 돌아와 보니 벌써 아이들이 수군대고들 있었어요.

"야, 박재경. 교무실에 있는 아줌마, 진짜 너희 엄마 맞
아?"

한 아이가 묻자 재경이가 대답했습니다.

"응, 우리 엄마야. 자식 교육을 아주 제대로 하는 엄마지."

그렇게 말하는 녀석의 얼굴에는 자랑스러움이 가득했습
니다.

어머니.

한마디 말이 다른 누군가의 을씨년스러운 삶에 모닥불
을 피워 줄 불씨가 될 수도 있다는 걸 그때 저는 처음 알게
되었습니다. 평생 재밌고 아름다운 말만 하고 살다 가신 어
머니는 그동안 얼마나 많은 사람들의 가슴 속에 불씨를 지
피셨어요?

학사모 사진

　제가 대학을 졸업하던 날 유난히 감격하시던 어머니가 생각납니다. 그때 저는 첫 자식의 졸업식이라 그러시려니 했었지요. 저는 기뻐하시는 어머니에게 학사모를 씌워 드렸어요. 활짝 웃는 어머니는 예뻤어요. 그런 어머니가 젊은 날 이렇게 학사모를 쓰고 사진을 찍었으면 얼마나 싱그러웠을까, 그렇게 생각했어요. 그때 아버지가 이렇게 말씀하셨지요.

　"당신도 졸업을 했으면 멋진 학사모 사진 찍었을 텐데. 지금이라도 한 장 찍어서 걸어둬 볼까?"

그럼 어머니가 입학은 하셨단 이야기인가? 처음 듣는 이야기라 우리들이 집요하게 묻자, 어머니는 얼굴을 붉히며 대답하셨지요.

"입학이야 했지. 고작 몇 개월 대학생 행세한 게 전부이긴 하지만."

저는 그때까지 몰랐어요. 옛날 사진첩에는 아버지 학사모 사진만 있을 뿐이었고, 학교에 써 가는 가정환경조사서에도 어머니는 항상 '고졸'란에 동그라미를 치셨으니까요. 그날, 온 식구가 모처럼 갈비집에 가 고기를 먹으면서 어머니가 고작 넉 달 동안만 대학생이 되었던 사연을 들었더랬어요.

외가댁은 너무나 가난했었다고요. 게다가 형제는 많아서 늘 입을 것과 먹을 것이 부족해, 어머니는 신발을 신지 못하고 어린 시절의 대부분을 보냈다고 하셨어요. 그래도 어린 어머니는 옆집 대학생 오빠가 말끔하고 귀티 나는 행동에 척척박사인 것을 보고, 언젠가 대학생이 되겠다 결심했다고요.

그러나 꿈 많고 당돌한 소녀에게 현실은 녹록치 않았지요. 외할아버지는 어머니가 초등학교 졸업을 앞두게 되자 어느 봉제공장의 보조 공원으로 들여보내려고 하셨으니까요. 어머니가 봉제공장에 들어가기 싫어 그 어린 나이에 가출을 하셨다는 말을 하셨을 때는 저도 많이 놀랐어요. 어머니의 어디에 그런 반항의 기질이 숨어 있었던 걸까요? 고작 도망친 곳이 고모 할머니댁이긴 했지만, 어머니의 용감한 항거는 외할아버지를 협상 테이블에 앉히는 소기의 성과를 거두었어요.

외할아버지는 중학교에 가는 것을 허락하되 공납금은 줄 수 없으니 알아서 하라고 말씀하셨어요. 어머니는 중학교와 봉제공장에 모두 가게 되셨던 거지요. 공납금을 벌기 위해서는 아르바이트를 해야 했으니까요.

외할아버지는 그 한 번으로 골치 아픈 일이 끝나려니 하셨겠지만, 어머니는 3년에 한 번씩 집안을 발칵 뒤집어 놓았어요. 결국 어머니는 감히 큰아버지도 문턱조차 넘지 못한 대학생이 되겠다고 폭탄 선언을 하고 말았지요. 외할아버지는 '저 지집아 때문에 내가 제명에 못 죽겠다'고 고함을 치며 불기가 치솟는 뒷목을 부여잡으셨고, 공부 잘하는 막내 여동생을 은근히 지지해 주던 형제자매들도 이번만큼은 안 된다며 뜯어말렸다지요. 그런데도 어머니는 몰래 시험을 치러서 턱 하니 합격을 했어요.

어머니는 가족들 앞에 합격 통지서와 통장을 내놓고 말했어요.

"이건 제가 중학교 때부터 봉제공장 다니면서 피땀 흘려 모은 돈이에요. 이걸로 등록금을 할 테니 제발 허락해 주세요."

그렇게 해서 어머니는 오랫동안 꿈꾸던 대학생이 되었어요. 그러나 아무리 열심히 아르바이트를 해도 다음 학기 등록금을 낼 만한 돈을 모을 수가 없었지요. 남들이 소 팔고 논 팔아 댄다는 대학 등록금이 어디 그리 만만한 액수던가요. 결국 어머니는 휴학계를 낼 수밖에 없었고, 다시는 대학에 돌아가지 못했던 거예요.

저는 다음 학기 등록 마감일이 다가올수록 가슴을 까맣게 태우며 발을 동동 굴렀을 젊은 어머니의 모습을 떠올렸어요. 하지만 어머니는 허허 웃으며 이렇게 말씀하셨지요.

"그래도 난 여한이 없어. 난 어려서부터 대학생이 돼 보고 싶었지, 대학 졸업생이 되고 싶다는 생각은 안 해봤거든. 게다가 고 짧은 대학 생활 동안 너희 아버지를 만났잖니."

당시 복학생이었던 아버지는 첫눈에 어머니에게 반했다고요. 이야기가 다시 아버지와 어머니의 로맨스로 방향을 트는 동안 저는 잠시 생각에 빠졌더랬어요.

언제나 웃는 낯으로 사람들을 대하고, 주변에 일어나는 모든 일들을 좋게만 해석하시는 어머니를 볼 때마다 저는 어머니가 '온실 속의 화초'라고 생각했었어요. 일찍 아버지와 결혼해 가정에 묻혀 사시느라 모진 세상을 못 봐서 그런 것이라 짐작했었던 거예요. 그런데 그건 착각이었습니다. 어머니는 누구보다도 모진 환경에 온몸으로 맞서던 분이셨어요.

마흔 고개를 넘도록 살면서 보니, 아무리 안락한 환경이라고 할지라도 세상을 껴안을 만한 마음을 만들어 주지는 못하더군요. 어머니를 평생 행복하게 했고, 우리 가족을 행복하게 해준 건 안일함이 아니라 오히려 어머니 안에 있는

강인함이었다는 걸 그때 깨달았습니다.

　이제 저는 조심스럽게 짐작해 봅니다. 어머니는 우리를 행복하게 해주기 위해 하루하루 점점 더 강해지셨을 거라는 것을.

풍선

아버지.

대식구가 함께 이동하는 것이 번잡해서 좀처럼 나들이를 하지 않던 우리도 해마다 벚꽃이 필 무렵이면 어린이대공원에 갔었지요. 청룡열차를 타는 것도 좋았지만, 봄 햇살 속을 헤엄치듯 뛰어다니는 꼬마 선미를 보는 것도 즐거운 일이었어요.

제가 기억하고 있는 그해의 외출은 유난히 즐거웠던 것 같아요. 꼬마기차에 재미를 느낀 네 살배기 선미가 놀이기구를 순례하던 우리 남매들에 합류하기 시작한 때였지요.

혹시 미아가 되게 하지 않을까 선미 손을 꼭 잡고 돌아다니다 어머니아버지가 맡아 놓으신 자리로 돌아갔을 때, 아버지는 우리를 위해 사 놓은 풍선을 내미셨지요.

"너희들이 선미와 잘 놀아 주어서 선물하는 거야."

그동안 대공원에 몇 번 가기는 했지만, 그곳에서 기념품을 사 주신 건 그때가 처음이었어요. 어머니가 물건에 비해 가격이 비싸 아깝다고 좀처럼 지갑을 열지 않으셨거든요. 우리가 좋은 언니오빠가 되어 주었기에 어머니가 그날은 눈을 딱 감고 아버지가 용돈 터는 것을 허락하셨던 거지요.

기분이 좋아진 우리는 종일 붕붕 날아다녔어요. 각자 풍선을 하나씩 들고 집으로 돌아오는 길은 또 왜 그렇게 뿌듯했던지요. 정류장에서 버스를 기다리고 있을 때 아버지는 선미가 아슬아슬 쥐고 있는 풍선을 좀 불안해 하셨어요.

"선미야. 이 풍선 버스 탈 때 네가 갖고 있으면 '빵' 하고 터뜨릴 것 같아. 이거 큰오빠한테 갖고 있으라고 할까?"

"싫어."

선미는 완강했습니다. 그래도 복잡한 버스 안에서 조그만 선미가 풍선을 가지고 있는 것은 무리였기에 버스에서

125

내리자마자 돌려주기로 굳게 약속하고는 선미 몫의 풍선을 제가 받아 들었지요. 그런데 우리 모두는 선미와의 약속을 까맣게 잊고 말았습니다. 그건 선미 자신도 마찬가지였습니다.

지치긴 했지만 즐거운 얼굴로 집에 도착한 우리가 막 현관에 들어서려고 할 때 선미가 갑자기 뭔가에 데인 듯 자지러지게 울기 시작했습니다. 다들 선미에게 달려들어 왜 우냐고 물어봤지만, 아직 말문이 제대로 열리지 않았던 선미는 '큰오빠가……' 어쩌고 하며 계속 울며 집에 들어가지 않으려고 버텼습니다. 억울하게 지목당한 저는 "난 아무것도 안 했어!!" 하고 손을 내저었지요.

한참 만에 우리는 선미가 버스 정류장부터 집까지 자기가 풍선을 들고 오지 못했다고 떼를 쓰는 것임을 알게 됐습니다.

"미안 미안. 지금 풍선 줄 테니까 집에 갖고 들어가서 놀아."

"울음 그치면 사탕 줄게."

"으~앙! 싫어 싫어~!"

선미에게는 온갖 감언이설이 통하지 않았습니다. 집 앞에서 동네 사람들이 창을 열고 내다볼 정도로 패악을 떨고 있는 선미가 기막혔습니다. 아무리 아이라지만 어떻게 저렇게 앞뒤 없이 고집을 떨 수 있는지 이해를 할 수 없었어요. 문자 그대로 '속수무책'이었지요. 그날 하루 좋은 언니오빠가 되어 하늘 끝까지 날아올랐던 우리들의 자부심은 일순간에 나락으로 가라앉았습니다.

그때 아버지가 선미의 손을 붙드시길래 우리는 드디어 완력을 동원할 때가 되었나 보다 생각했지요. 제 아무리 난동을 부려도 고작 네 살짜리를 단짝 들어 집 안으로 던져 넣는 일은 식은 죽 먹기니까요. 게다가 그 상황에서 유일한 해결책은 그것밖에 없는 것처럼 보였어요.

그런데 아버지는 선미에게 뜻밖의 말을 하셨어요.

"선미야, 그럼 우리 버스 정류장까지 다시 가서 풍선 들고 올까?"

그러자 선미는 거짓말처럼 울음을 그쳤습니다. 그리곤 속눈썹에 눈물을 송글송글 매단 채 고개를 끄덕였어요.

아버지는 정말로 풍선을 받아 들고 선미와 함께 오던 길로 돌아서 가셨더랬지요. 한 시간이나 있다 들어오신 아버지 등에는 잠든 선미가 납작 업혀 있었어요.

사람들이 버글대던 휴일 공원에서 네 아이를 건사하느라 어지간히 피곤하셨을 아버지는 선미의 엉덩이를 팡팡 때리는 대신, 그 애의 마음을 들어주는 것을 선택하신 거였어요. 그건 무소불위의 엄한 아버지상이 대세였던 당시로서는 선구적이기까지 한 아버지만의 육아 방식이었어요.

우리를 먼저 집 안으로 들여보내고, 어린 선미의 손을 잡고 저녁 햇살을 어깨에 걸머진 채 총총 사라져 가던 아버지의 그 뒷모습이, 마치 머리 속에 있는 사진기로 찍어 놓은 듯 선연한 게 잊히질 않습니다.

지금 아이를 키워 보니, 그 시절 선미와 아버지의 마음이 손에 닿듯 짚어집니다. 이제는 그토록 이해할 수 없었던 선미가 제깐에는 얼마나 억울하고 원통했을까 하는 생각을 할 수 있게 되었고, 부모 됨을 후회하지 않기 위해 그때의 아버지처럼 해야 한다는 것을 알게 되었습니다. 그러나 세월이 저절로 아비를 길러내는 것은 아니더군요. 저는 아버지처럼 좋은 아버지가 아닙니다. 휴일에는 놀아 달라는 아이들의 성화를 모른 척 잠만 자고, 아이들의 제일 친한 친구 이름조차 모릅니다. 게다가 아이가 고집을 부리면 빽 소리부터 지르게 됩니다. 그리고 매일 후회를 합니다. 이제 그 후회를 좀 줄여 보기로 했습니다.

장판이 안 보이도록 온갖 물건을 늘어놓은 방을 보고 현기증이 날 때, 늦은 출근길 급하게 꿰어 신은 구두 안에서 뭉게진 초코파이를 발견할 때, 새로 나온 인형을 사 달라고 백화점 바닥에 드러눕는 아이를 그냥 버리고 가고 싶을 때, 그때마다 머리 속에 간직된 그 사진을 꺼내 보겠습니다. 그러면 조금은 더 나은 아비가 될 수 있을 것도 같습니다.

3 장

늦기 전에 사랑한다고 말해요

그 작은 아이는 연약한 제 다리로 바깥 세상을 누빌 수 있다는 게 신기한지 아빠한테 안기려고도, 손을 잡으려 들지도 않았어요. 마냥 신이 난 아이는 아빠에게 단 한 번도 눈길을 주지 않고 있었지만, 아빠는 온 정신을 다해 아이를 바라보고 있었지요. 저는 그 아빠의 눈길이 낯설지 않다고 느꼈어요.

아빠, 아빠도 그런 눈길로 저를 자주 바라보셨었지요. 제가 아빠 마음을 몰라줄 때 언제나 그런 안타까운 눈빛이셨어요.

미소

    엄마는 제게 '불쌍하다'는 말을 자주 하셨어요. 매사 형제들에게 공평하려 애쓰셨던 엄마한테 저만은 예외였어요. 툭 하면 떼를 부리는 늦둥이 막내 앞에서 엄마는 한없이 약해지셨지요.

    철이 들고 나서 왜 그렇게 내가 불쌍했냐고 물으니 엄마는 이렇게 대답하셨어요.

    "부모와 이 세상에서 함께할 시간이 제일 짧으니까."

    지금 와서 보니 정말 부모님과 함께한 시간이 저보다 10년은 더 되는 선형 오빠가 얼마나 부러운지 몰라요. 그래서 엄마는 제가 그렇게 안쓰러우셨나 봐요.

아마 제가 고3 때였지요. 새벽까지 공부하는 제게 간식을 가져다 주시더니 엄마는 저를 측은한 눈길로 바라보셨어요. 저는 샌드위치를 한 입 베어 물고는 그런 엄마한테 싱긋 웃어 주었지요.

"제발 그렇게 좀 웃지 마라."

엄마의 생뚱맞은 반응에 저는 잔뜩 무안해졌겠지요.

"힘들거나 아프면 그냥 신경질도 내고 찡그리기도 하고 그러란 말야. 네가 그렇게 웃으면 엄마 속상해."

그게 왜 속상한 일인지 이해할 수가 없었어요.

얼마 후 아빠한테 이 이야기를 하다가 그 이유를 알게 되었어요. 아빠 말씀을 그대로 옮겨 볼게요.

네가 네 살 때쯤이었을거다. 한창 자라는 네 아이들 뒤치다거리에 네 엄마가 목이 쑥 빠지도록 바빴을 시기였지. 하루는 네가 아침부터 유난히 보채더라는 거야. 자꾸만 엄마를 찾으며 꼼짝도 못하게 했다지. 초등학생 셋을 등교시키는 건 거의 전쟁 같아서 네 엄마는 너한테 신경 쓸 틈이 없었지.

"선미야, 장난감 가지고 조금만 놀고 있어."

그런데도 너는 엄마를 따라다니면서 다리에 매달리다가 급기야 울기 시작했다는구나. 넌 어려서부터 큰소리로 엉엉 우는 아이가 아니었어. 그날도 '엄마, 엄마……' 하고 웅얼 거리면서 눈물만 뚝뚝 흘렸대. 몸은 바쁜데 네가 그러고 있 으니 영 마음이 좋지 않아서 널 붙들고 가만가만 이야기를 했대.

"선미야, 엄마는 네가 그렇게 찡그린 얼굴, 우는 얼굴을 하면 속상하거든. 그러니까 우리 이쁜 선미 웃자, 응? 웃어 봐. 언니오빠들 학교 가고 나면 우리 선미랑만 재미있게 놀 아 줄게."

그러니까 네가 눈물이 그렁그렁한 얼굴로 웃더라는구나. '헤헤……' 하고 소리까지 내면서. 네 엄마는 그런 네가 귀 여워서 머리 한 번 쓰다듬어 주고는 네 언니오빠 도시락 챙 겨 주는 일에 열중했지. 틈틈이 네가 잘 노나 돌아볼 때마 다 너는 찡그린 얼굴이다가도 금세 웃는 척하고 그랬대.

한바탕 아침 일과를 마치고 그제서야 널 안아 주니까 또 그렇게 웃으면서 이러더란다.

"나 웃으니까 엄마 안 속상하지?"

그래, 하고 대답하면서 뽀뽀를 하는데 볼이 뜨겁더래. 그때서야 아차 하고 돌이켜 보니 아침부터 기분이 안 좋고 축가라앉았던 게 아파서 그런 거다 싶었다는구나.

그래서 얼른 병원으로 달려갔는데 의사가 폐렴이라 하더래. 벌써 상태가 많이 안 좋아진 뒤였다는구나. 그때 병원에 입원했는데도 좀처럼 좋아지지 않아서 온 식구들이 얼마나 애를 태웠는지 모른다. 의사한테 만약의 일을 각오해 두라는 이야기까지 들을 정도였어. 그때 네 엄마의 안색은 바라보기도 참담할 정도였다. 열에 들떠 잠든 네 손을 잡고 밤을 새면서 정신 나간 사람처럼 계속 중얼거리더구나.

"아픈 애한테 웃으라고 했어…… 죽을 만큼 아픈 애한테……. 내가 미친년이야, 내가……."

네 엄마는 요즘도 꿈에서 억지 웃음 웃던 그때 네 얼굴을 본단다. 꿈 속에서도 기가 탁 막혀 가슴이 틀어지도록 아프다더라.

엄마, 아이들은 참 알 수 없는 존재예요. 아무리 몸이 아파도 자꾸 잊어버리고 깔깔 웃으며 노는 게 아이들이지요. 조카들하고 놀아 줄 때면 아이들이 정말 아픈 걸 알긴 아는 건가 하는 생각이 들 정도라니까요. 원래 아이들이란 그런 거예요. 그걸 뻔히 알면서도 엄마는 왜 그렇게 상처를 받으셨어요?

그리고…….

그런 마음을 그토록 잘 알고 계시면서 우리한테 왜 그러셨어요?

엄마가 마지막 가시던 날, 아주 잠깐 의식을 찾고 우리를 둘러보셨을 때, 혼비백산 눈물범벅인 우리를 보고 이렇게 말하며 웃으셨잖아요.

"엄마 괜찮아."

엄마는 유난히 저를 오래오래 웃으며 바라보셨어요. 그리고는 곧 우리 곁을 떠나셨지요.

엄마가 제 미소를 잊지 못하셨던 것처럼, 엄마의 그 마지막 미소도 제 가슴에 시꺼멓게 딱지 앉은 상처로 새겨져 있어요. 그건 제게 해주신 모든 일들 가운데 가장 나쁜 일이었어요.

　이제 엄마를 용서하려고 합니다. 그러니 엄마도 잊으세요. 열에 들뜬 얼굴로 엄마를 위해 애써 웃던 아기의 얼굴을 말이에요.

아빠 놀이동산

우리 4남매 중 유일하게 저만 유치원을 다녔어요. 그때만 해도 부잣집 아이들만 유치원을 다니던 시절이었는데, 그래도 제가 자랄 무렵에는 그런 시설의 수가 많아져서 어느 정도 혜택을 볼 수 있었다면서요.

유치원을 다니면서 제일 좋았던 건, 어린이날 하루 앞서 벌여 주었던 잔치였어요. 잔뜩 들뜬 또래 친구들과 함께 그날을 기다리는 것도 가슴 설레었고, 엄마가 하루에 한 봉지밖에 사 주지 않던 과자도 원껏 먹을 수 있었으니까요. 그땐 일곱 살에 입학을 해서 초등학교 들어가기 전까지 딱

1년만 유치원에 다니는 게 보통이었는데, 어린이날 때문에 유치원을 몇 년 더 다니고 싶더라니까요.

그해에는 마침 잔칫날이 토요일이라 유치원에서 가족 잔치를 겸하기로 했어요. 그래서 오전에는 우리끼리 먹고 마시며 놀고, 오후에는 부모님을 초대했었지요. 그날 부모님을 초대해서 뭘 어떻게 했는지 자세히 기억나지는 않아요. 하지만 아빠와 함께했던 '아빠 놀이동산'만은 머리 속에 또렷합니다.

아빠들은 모두 나오라는 사회자의 말에 아빠는 선뜻 나서 내 옆에 서 주지를 않으셨어요. 그게 다른 아빠들에 비해 나이가 많아서 제가 주눅 들어할까 봐 그러신 거였다면서요. 괜한 걱정이셨어요. 제 눈에는 마흔세 살의 아빠가 30대 초반 아빠들보다 더 멋져 보였거든요.

"지금부터 어린이 여러분은 놀이공원에 온 거예요. 먼저 청룡열차를 타 볼까요? 아빠들은 어린이들을 두 팔로 들어서 쌩쌩 달려 주세요."

'아빠 놀이동산'은 아이들이 아빠들 몸을 타고 놀게 하는 것이었어요. 아빠와 뒹굴고 노는 것을 좋아했던 저는 아주

신이 났지요. 아빠가 청룡열차 흉내를 내며 안고 달릴 때 저는 숨 넘어가게 까르르 웃어댔어요. 청룡열차를 시작으로 아빠는 회전 그네, 날으는 비행기, 범퍼카로 내리 변신하셨어요. 정작 놀이공원에 가서는 무서워서 탈 수 없었던 놀이기구들을 아빠 손에서 마음껏 즐길 수 있었지요. 아빠는 다른 아빠들보다 두 배는 빨리 뛰었고, 세 배 더 높이 저를 들어 올려 주었어요.

마지막으로 정글짐으로 화한 아빠의 몸을 기어오르는데 손바닥에 질척한 느낌이 들어 화들짝 놀랐어요. 보니까 등 쪽으로 아빠 옷이 홀랑 젖어 있는 거예요.

"아빠, 아빠 옷에 왜 물이 묻었어요?"

제가 물으며 아빠 얼굴을 보니 땀이 비 오듯 흐르고 있었어요. 얼굴 빛도 사우나 다녀오셨을 때처럼 빨갰지요. 그제서야 저는 무아의 놀이 삼매경에서 벗어나 주변을 돌아보았어요. 즐거워 못 견디겠다는 듯 끼룩끼룩 웃어대는 아이들과는 달리 아빠들은 모두 땀을 뻘뻘 흘리며 인간 놀이공원이 되어 주고 있었어요. 덩치 큰 아들을 둔 어느 아빠는 아랫도리를 힘껏 버티며 아들을 끌어올려 주다가 방귀까지 꿨었지 뭐예요. 무정한 아이들은 그런 아빠들은 아랑곳하지 않고 자기 놀기에 바빴어요. 어려서부터 남달리 어른스러운 데가 있어서 징그럽다는 소리도 종종 들었던 저만이 아빠들의 땀방울을 의식하고 있었지요.

'아빠 놀이공원' 순서가 끝나자 사회자는 아이들에게 감사의 뽀뽀를 하라고 했어요. 고된 노동을 막 끝낸 듯한 곤한 아빠들의 얼굴에 '살았다'는 안도의 빛이 떠올랐던 것이 기억나요. 그래도 아이들의 뽀뽀를 받는 아빠들의 얼굴은 정말 행복해 보였어요.

저도 땀으로 세수를 하다시피 해 미끈미끈한 아빠의 볼에 뽀뽀를 했지요. 입술에 찝질한 맛이 느껴졌지만 그래도 좋았어요. 젖은 옷이 쩍 달라붙어 있는 아빠의 축축한 가슴에 안기는 것도 좋았어요.

이건 아주 나중에야 들어서 안 이야기이지만, 아빠는 그날 일로 몸살이 나셨다면서요. 젊은 아빠들에게 뒤지지 않으려는 마음이 앞서 긴장한 상태로 너무 열심히 놀아 준 탓이었겠지요. 숱한 날, 더워서 혹은 운동을 해서 땀을 흘리는 아빠를 보아 왔지만, 20년 전 그날의 모습만이 이렇게 유독 잊히질 않고 맴도네요. 문득 눈앞의 일인 것 같아 안쓰러워지기도 하고요.

그러고 보면 아빠들에게는 아이들만큼 무서운 존재가 없는 것 같아요. 세상의 어느 악하고 간교한 고용주가 일당도 없이 그렇게 진액을 쏟도록 알짜배기로 부려먹을 수 있겠어요.

아이들은 어미의 눈물과 아비의 땀을 먹고 자라는 꽃이라더니, 그 말이 꼭인가 봐요.

제가 어느 이상한 시공에 휘말려 그 일곱 살 무렵의 5월로 돌아간다면 소맷부리라도 끌어올려 아빠의 땀을 닦아주고 싶어요. 아무리 염치 모르는 어린애였대도 어찌 그럴 생각을 못했는지 한스러워요.

네 번째 다리

한 번은 엄마한테 물은 적이 있었어요. 엄마아빠는 나를 실수로 낳은 거냐고. 엄마는 깜짝 놀라면서 어디서 그런 말을 들었냐고 되물으셨어요. 실은 말썽을 부린 저한테 화가 난 선경 언니가 홧김에 한 말이지만, 엄마한테 그 말은 하지 않았어요. 엄마아빠는 평소엔 부드럽지만 '절대로 해서 안 되는 일'에 대해서는 야차보다 매정하셨지요. 아무리 어렸어도 그걸 일러바치면 선경 언니가 무사하지 못하리란 사실을 저는 알고 있었거든요. 엄마 다음으로 제게 손길을 태운 언니가 옷 가방 하나 달랑 지고 쫓겨나는 그림은 저로서도 영 재미가 없는 것이었어요.

"아무도 나한테 그런 말 안 했어. 그냥 내가 그런 것 같아서 그래. 아들 딸 골고루 애가 셋이나 되는데 내가 왜 필요했겠어?"

엄마는 그렇게 말하는 저를 빤히 보시더니 손님이 오실 때에 쓰는 보조 의자를 가져오셨어요.

"너, 이 의자 싫어하지?"

그건 고모가 집들이할 때 선물로 가져온 의자였어요. 무슨 외국의 인테리어 회사에서 나온 거라는데, 다리가 세 개 달려 있는 독특한 디자인이었지요. 일부러 그렇게 만든 것이니만큼 무게 중심이 잘 잡혀 있었지만, 아이였던 제가 조금 극성스럽게 움직이면 벌렁 나자빠지곤 해서 질색하던 의자였어요.

"선미야, 이 의자가 자꾸 넘어지는 건 다리가 세 개뿐이기 때문이야. 뭐든 네 개가 떠받치면 든든하거든. 엄만 뭐든 네 개여야 안심이 되고 좋아. 그래서 엄만 어려서부터 아이도 딸 둘 아들 둘, 이렇게 네 명을 낳고 싶었어. 아빠랑 결혼해서 소원대로 아들 둘하고 딸 하나는 낳았는데, 엄마가 몸이 약해져서인지 네 번째 아이는 쉽게 찾아와 주지 않았어. 엄마랑 아빠는 몇 년 동안 예쁜 딸 하나를 더 보내 달라고 간절히 기도했지."

엄마는 웃으면서 의자의 세 개뿐인 다리를 툭툭 치셨어요.

"우리한테는 네 번째 다리가 꼭 필요했거든. 그런데 시간이 좀 많이 지난 다음에 그 기도가 이루어진 거야."

엄마의 이야기를 홀린 듯 듣고 있던 저는 괜히 목이 메어서는 뻔한 질문을 했어요.

"그럼 내가 그 네 번째 다리야?"

"응."

"정말?"

"네가 태어나고 나서야 우리는 정말로 완벽하게 행복해졌어. 엄만 넷이 가장 완벽한 숫자 같아."

엄마의 무릎에서 일어났을 때에는 날아갈까 붙들어야 할 만큼 마음이 가벼워져 있었어요. 하룻밤 새 집안의 불청객에서 몇 년 정성으로 맞아들인 손님이 된 기분이 어련할까요.

사람들이 죽을 사死를 연상시킨다 해서 다들 싫어하는 숫자 4를 엄마가 정말 어려서부터 좋아하셨는지 저는 잘 모르겠어요. 다만 제가 아는 한, 뭐든 네 개여야 좋다는 엄마의 말은 진심이었어요. 그러나 엄만 제가 열세 번째 아이였다면 서양 사람들이 무서워하는 13도 행운의 숫자라고 믿어 버리셨을걸요.

우리 하나하나의 존재를 굉장한 행운으로 믿고 감사해했던 엄마. 그런 엄마를 만난 우리야말로 행운이었어요.

엄마의 상식

엄마와 언니, 그리고 저 셋이서 TV를 보고 있을 때였어요. 외국의 어느 집에 불이 났는데, 건물의 3층에 만삭의 임부가 갇혀 있는 장면이 나오고 있었어요.

"어머! 저걸 어째!"

실제 상황을 녹화해 보여 주는 것인 만큼 우리 모두는 가슴을 졸이며 지켜보았지요.

건물 아래에서는 사람들이 법석을 떨며 매트리스를 깔아 놓고 있었지만, 위험하기 짝이 없는 급박한 상황이었어요. 아래에 뭘 깔아 놓는대도 3층 건물에서 뛰어내린 사람이 멀쩡하기란 쉽지 않으니까요. 더군다나 아이를 가진 임부라면 더 말할 것도 없지요.

구조를 기다리며 테라스 끝까지 몰려 버티고 있던 여자는, 불길이 덮치자 마침내 뛰어내릴 결심을 하고 난간에 올라섰어요. 아래에서 경악을 하는 사람들의 비명과 동시에 그녀는 아래로 몸을 던졌어요. 그런데 하필이면 머리를 아래로 향해서 거꾸로 떨어졌던 거예요. 그 모습에 우리도 모두 놀라 신음 소리를 냈었지요.

"어쩜 좋아! 왜 머리를 아래로 향하고 떨어졌대?"

"그러게 말야. 저럴 땐 다리 쪽을 아래로 해서 뛰어내리는 게 상식 아냐?"

"너무 급해서 중심을 잃었나 보지. 저렇게 배가 부르니까."

"아냐! 저 여자 뛰어내릴 때 엄청 침착했어. 봐! 저거 다시 보여 주네. 일부러 저렇게 자세를 잡고 있잖아."

"정말! 바보 아냐? 저러다 죽겠어!"

언니와 제가 흥분해서 떠들어대자 엄마가 혀를 끌끌 차더니 말씀하셨어요.

"저 상황에선 저렇게 하는 게 상식이지. 생각해 봐라. 뱃속 아기는 거꾸로 있으니까 결국은 저렇게 떨어지는 게 아기한테는 다리부터 떨어지는 거잖아."

언니와 저는 그 순간, 아무 말도 할 수 없었어요. 그 절체절명의 순간, 자식의 안위 말고는 아무것도 생각하지 못하는 끔찍스런 어미의 본능에 기가 질린 것이었지요. 찔끔 눈물이 나오려고도 했어요. 다행히 여자와 아기가 모두 무사했다는 멘트가 이어져 안도하긴 했지만, 우리의 충격은 쉽게 여운이 걷히질 않았어요. 당시 사고 당사자의 인터뷰도 나왔는데, 엄마의 말씀이 적중했어요. 그녀는 아기를 보호하기 위해서 일부러 거꾸로 떨어졌다고요.

"엄마, 엄만 어떻게 그렇게 쉽게 알 수 있었어요?"

우리는 정말 궁금해서 물었던 건데, 엄만 미소를 지으며 시답잖게 대답하셨어요.

"난 그걸 생각 못한 게 더 이상하다."

그건 자식을 위해서 오롯이 불타오르는 본능에 온몸을 내맡겨 본 경험이 있는 엄마에게만 당연한 상식이었던 거예요.

심리학자들이 실험을 했다지요. 바닥을 감쪽같이 천애 절벽처럼 보이게 꾸며 놓고 사람들더러 그 위를 건너뛰어 보라고 했었대요. 사람들은 그게 가짜라는 걸 뻔히 알면서 도 좀처럼 반대편 절벽으로 뛰어넘지를 못하더래요. 그런데 엄마들을 데려다 놓고 반대편에 아기를 놓자 전혀 다른 실 험 결과가 나왔대요. 엄마들은 아기가 절벽 쪽으로 기어 오 자 아기를 구하려고 서슴없이 가짜 절벽을 건너뛰더라네요. 의외의 실험 결과에 심리학자들은 한 가지 조건을 덧붙여 서 다시 실험을 해보았대요. 이번에는 반대편 절벽에 아기 를 놓고 그 뒤에 호랑이가 다가오고 있는 착시를 일으켜 보 았대요. 절벽에 맹수라는 공포의 대상을 하나 더 추가시킨 것이지요. 엄마들이 잠깐이라도 망설일 것을 기대했던 학 자들은 다시 한 번 놀랐다고 해요. 엄마들은 이전보다 더 빨리 절벽을 건너뛰더래요. 절벽을 건넌다고 해도 아기를 구하는 건 아예 불가능하고, 그저 같이 죽을 수밖에 없는 게 뻔한데도 말이지요.

엄마들은 참 어리석어요. 수천 년 동안 규정해 왔던 삶의

151

원리들과 정교한 논리들을 물려받아 체득한 인류의 후손
이면서도, 자식을 두고는 한갓 불을 보고 달려들어 타 죽
는 나방과 다를 게 없으니 말이에요. 자식의 위험 앞에서는
'가 봤자 너도 죽고 나도 죽으니 나만이라도 살아남는 게
낫다' 하는 식의 간단한 덧셈 뺄셈도 못하도록 비어 버리는
어미의 머릿속을 어느 누가 이해할 수 있겠어요.

하루는 무슨 생각이 들었는지 제가 부러 철딱서니없는
말투로 물었었지요.

"엄마도 날 위해 죽을 수 있어?"

그랬더니 엄마는 딱 잘라 대답하셨죠.

"내가 죽으면 아빠는 어쩌고? 산 사람은 살아야지."

그렇지만 엄마는 불난 집에서 거꾸로 뛰어내린 그 임부
를 보며 이렇게 말씀하셨잖아요.

"저 애기 엄마는 아마 이렇게 뛰어내리면 내가 다치겠지
만 아기한테는 나을 거다, 내가 희생해야겠다 하는 생각을
하고 저런 게 아닐 거야. 그냥 그 순간에는 자기 자신이 있
는지 없는지도 못 느끼니까, 아기가 곧 자신이니까 저절로
아기 입장에서만 생각하고 행동한 걸 거야. 저럴 때는 정말

152

아무 생각도 안 나."

　아마도 아이 넷을 키우면서 수십 번은 마음 속으로 자식 대신 목숨을 버리셨을 엄마. 아직까지도 저는 절반도 이해하지 못할 상식을 가지셨던 엄마가 오늘 따라 참 보고 싶어요.

국화빵

　다정하고 성격 시원시원한 선국 오빠와 예쁘고 싹싹한 선경 언니가 엄마를 닮았다면, 내성적이고 예술적 재능이 많은 선형 오빠와 저는 아빠를 닮았지요. 한때 만화가가 꿈이었던 선형 오빠처럼 저도 그림에 관심이 많았답니다. 또래의 친구들이 운동장에 나가 얼음땡이나 고무줄 놀이를 할 때, 저는 교실에 남아 연습장에 그림을 그리거나 책을 읽었지요.

　천성이 차분한 저는 사물을 관찰하고 그 특징을 그리는 데 소질이 있었어요. 미술시간에 연필로 인물화를 그리거나 정물 소묘를 하면, 다른 자리에서 친하지 않은 아이들 까지 건너와 구경을 하고 갈 정도였지요. 그런데 그런 저도 채색만큼은 영 자신이 없었어요. 연필로 밑그림을 잘 그린 그림도 물감만 대면 어김없이 망가지는 것이었어요. 미술학 원을 다녀 본 아이들은 밑그림을 대충 그려도 제법 봐 줄 만한 그림이 되던데, 그냥 눈대중으로 봐서는 그게 어떻게 하는 것인지 알 수 없었지요. 미술학원을 다니는 아이들의 그림이 꼭 부러운 것은 아니었지만, 멋지게 색칠을 하고 그 림을 정말 잘 그리게 되면 좋겠다라는 생각은 늘 하고 있었 어요.

5학년 때이던가, 미술시간에 '바닷속 탐험'이라는 주제로 그림을 그린 적이 있었어요. 책을 많이 읽어서 상상력도 남 달랐던 저는 UFO 모양을 하고 있는 독특한 잠수정이 바닷 속을 탐험하고 있는 장면을 그렸어요. 선생님은 그림을 걷 으며 잘 그린 것을 골라 전시하겠다고 미리 말씀하셨지요.

다음날, 저는 교실 뒷벽 그림 전시란에 제 그림과 똑같은, 그러나 제 것은 아닌 그림이 떡 걸려 있는 걸 보고 깜짝 놀 랐어요. 잠수정 모양과 구도, 바닥에 있는 불가사리의 갯수

조차 똑같은데 채색만 다르게 한 것이었어요. 틀에 박힌 듯 진부하지만 언뜻 보면 잘 그린 것처럼 보이는 '미술학원식 채색'의 주인공은 다름 아닌 제 짝 은아였어요. 미술시간 내내 제 그림을 흘끔거리며 자기 그림은 보여 주지 않더니, 다 이유가 있던 것이었어요.

은아에게 따졌더니, 그 애는 좀 베끼면 어떠냐는 뻔뻔한 대답을 할 뿐 사과 한마디 없었어요. 오히려 제 그림이 아닌 자기 그림이 전시된 건 자기가 그림을 잘 그렸기 때문이라며 당당했지요. 펄펄 뛰게 억울해진 저는 용기를 내어 선생님께 이야기를 해보았지만, 선생님은 별걸 다 가지고 귀찮게 한다는 반응이셨어요. 지적 재산권 개념이 뚜렷해진 요즘이라면 조금 달랐을까요.

저는 엉엉 울면서 집에 가 아빠에게 나도 미술학원에 보내 달라며 떼를 썼어요. 하지만 그땐 집의 돈이란 돈은 모두 엄마의 치료비로 들어가던 때였어요. 저도 그걸 모르진 않았지만, 한 번쯤 다 모른 척하고 졸라 보고 싶었던 거예요.

처음엔 안 된다고 하시던 아빠는, 학교에서 있었던 일을 듣고는 곧바로 제 손을 잡고 외출 채비를 하셨어요. 학교를 오가면서 항상 미술학원 간판을 눈여겨보았던 제가 앞장을 섰지요.

젊은 여자였던 원장선생님과 상담을 하는 내내 저는 근사한 미술학도가 될 꿈에 부풀었어요. 아빠도 제가 소질이 있어 보인다는 말에 고개를 끄덕이며 진지하셨고요.

"그런데…… 학원비는 얼마나 됩니까?"

아빠의 물음에 그 선생님이 얼마라고 대답을 했어요. 정확히 얼마였노라고 말할 순 없지만, 어린 나이의 제가 느끼기에도 생각보다 액수가 컸다는 건 기억이 나요. 저는 그때 아빠의 얼굴에 당황과 갈등이 뒤엉키는 걸 볼 수 있었어요. 아빠는 얼마간 이러지도 저러지도 못한 채 꼼짝 않고 있었고, 원장선생님은 어느새 신입원생 서류를 챙겨 들고 있었어요. 그때 어째서 그래야겠다는 생각이 들었는지는 모르겠지만, 저는 벌떡 일어나 아빠 손을 잡아 끌며 아이다운 말투에 콧소리까지 섞어 가며 말했어요.

"아빠, 나 미술학원 다니기 싫다니까. 그냥 피아노나 계속 배울래."

물론 저는 피아노 역시 배우고 있지 않았지요. 제가 계속 조르며 팔을 잡아 끌자, 아빠는 못 이기는 척 일어나 학원을 나오셨어요. 제 뒤통수에 그 선생님의 따가운 시선이 꽂히는 게 느껴졌어요.

가는 길에 아빠는 내내 아무 말씀 없으셨어요. 저도 마찬가지였고요. 집으로 들어가는 골목 어귀에서 국화빵 장수를 만나자 아빠는 그제서야 한마디 하셨어요.

"선미, 국화빵 먹을래?"

저는 기쁘게 고개를 끄덕였고, 아빠는 종이 봉지 가득 국화빵을 사서 안겨 주셨지요.

"아빠, 오늘은 언니오빠 꺼 사지 않고 나만 실컷 먹을 거야. 지금 국화빵 많이 먹고 싶은데 언니오빠 것까지 다 사면 돈 많이 들잖아."

"선미야, 그냥 그거 다 먹어. 언니오빠들 것은 따로 또 사면 돼."

"안 돼. 그럼 나 이거 다 안 먹을 거야. 아빠 돈도 없잖아."

형제끼리는 콩 한쪽도 나눠 먹는 거라고 귀에 못이 박히도록 말씀하시던 아빠가 그날만큼은 저 혼자 욕심을 부리도록 내버려 두셨어요. 우리는 길에서 그 많은 국화빵을 다

먹고서 집에 들어갔었지요.

그 일이 있은 후부터는 어쩐지 그림 그리는 게 재미없더라고요. 그림을 잘 그리고 싶어 몸살을 앓던 어린 열정도 까마득히 잊혀져 갔지요. 그러나 아빠는 제가 다 자랄 때까지도 그 일을 잊지 못하셨어요.

"선미 쟤가 참 재주가 많은 애야. 글만 잘 쓰는 게 아니고 어려서는 그림도 참 잘 그렸는데…… 부모 잘못 만나서 재주를 죽여 버렸지."

아빠는 그 일이 저에게 상처가 되었다고 생각하셨지만 그렇지 않았어요. 제가 정말 그림을 좋아했다면 몇 년 후 형편이 나아졌을 때에 얼마든지 배울 수도 있었어요. 상처는 제가 아니라 아빠에게 있었던 거예요. 그래서 미안해요. 가난한 아빠를 무작정 졸랐던 것도, 공연히 애어른처럼 굴어 아빠의 가슴에 생채기를 냈던 것도. 무엇보다 다 자랄 때까지 그런 아빠의 마음을 몰라주었던 것도요.

아빠의 취미

　어떤 사람들은 아빠를 두고 무슨 재미로 사는지 모르겠다고 말하기도 했어요. 술을 좋아하지 않고, 담배도 피우지 않고, 장기나 바둑도 즐기지 않는 아빠의 담담한 삶이 무료해 보였나 봐요. 하지만 아빠에게는 평생 놓지 않으신 취미가 있었어요. 아빠는 하이파이 오디오 마니아셨지요. 잘은 모르지만, 그게 음악보다도 실제 소리에 가장 가깝게 음을 구현해 내는 오디오 자체에 대해 관심을 가지는 거라면서요. 아빠는 종종 음질을 더 좋게 만든다면서 알 수 없는 부품이나 장비 같은 것을 오디오에 직접 설치하곤 하셨는데,

우리는 그런 작업들을 하기 전과 후의 소리가 어떻게 다른지 도대체 알 수가 없었어요.

기계에 집착하는 취미가 대체로 그렇듯 아빠의 취미도 제대로 하자고 들면 무척 돈이 많이 드는 것이지요. 그렇지만 우리는 아빠가 큰돈을 들여 오디오 장비를 사들이는 것을 본 적이 거의 없었어요. 아빠는 같은 취미를 가진 사람들과 모여 정보를 나누거나, 그들이 수집해 놓은 하이파이 장비들을 구경하는 데 만족하셨지요. 아빠는 마니아답게 거기에 쓰는 돈을 아까워하지는 않으셨지만, 언제나 맘먹은 것을 살 수 없는 이유들이 생기곤 했어요. 아빠의 비상금 주머니에 목돈이 채워질 때마다 우리들이 그 돈을 주머니째 채 갔거든요.

10여 년 전, 아빠는 드디어 필생의 쇼핑을 하기로 마음먹으셨어요. 오랫동안 탐내시던 오디오 시스템을 들여놓기로 하신 거였지요. 아빠의 취미를 잘 이해 못하시던 엄마도 그때만큼은 보너스 탄 돈을 떼어 보태 주기로 약속이 되어 있으셨다고요. 그런데 당시 대학 신입생이었던 제가 하필 그

에 때맞춰 컴퓨터를 사 달라고 조르기 시작한 게 아빠한테
는 불행이었지요.

언니오빠들은 모두 컴퓨터를 모르고 학교를 다닌 세대였
지만 저는 그렇지 않았어요. 퍼스널 컴퓨터의 보급이 제법
진행되었고, 동급생 중 반 정도는 기본적인 프로그램을 사
용할 줄 알았어요.

교수님들 중에 워드 프로세서로 작성된 리포트가 아니
면 받지 않는 분들도 생겨나기 시작했던 그때에, 저는 제가
손으로 리포트를 써 낸 과목의 점수가 확연히 나쁘다는 걸
알게 되었어요. 알아보기 힘들기로 소문난 제 악필이 원인
임에 틀림없다고 분석을 끝낸 저는, 학기말 시험기간을 앞
두고 아빠한테 읍소했지요.

"이러다가 아빠 막내딸 졸업도 못하겠어요. 교수님들이
제대로 읽어 보지도 않고 나쁜 점수를 준다고요. 학교 전산
실에서 컴퓨터 한 대 쓰는 건 또 얼마나 힘든지 아세요? 리
포트를 내는 기간에는 빈자리 찾기도 하늘의 별 따기고요,
저녁 아홉 시만 되면 쓰다 말고 쫓겨나야 한다고요. 한창
리포트를 쓰다가 갑자기 컴퓨터가 고장이 나서 다 날아간

적도 몇 번 있어요. 그때 그거 다시 손으로 쓰느라고 밤 샜어요. 이제 컴퓨터 없이는 못 사는 세상인데, 저 고생 하루라도 덜하게 컴퓨터 좀 사 주세요."

아빠는 당시 컴퓨터의 가격을 말씀드리자 처음엔 그럴 돈이 어디 있냐고 깜짝 놀라셨지요. 하지만 돈 주고 살 수 있는 물건 때문에 딸이 불평등한 상황에 놓인다는 점이 계속 마음에 걸리시는 눈치였어요. 제가 노렸던 것도 바로 그 점이었고요. 예상대로 아빠는 며칠 고민 끝에 컴퓨터를 들여놓아 주시기로 결정하셨었지요. 저는 쾌재를 부르며 며칠 동안 그 신통한 물건을 껴안고 살았었어요. 그 돈이 어떤 돈인 줄 미리 알았다면 그토록 영악하게 아빠를 조르지 않았을 텐데……. 나중에 엄마에게서 듣고서야 아빠가 저 때문에 또 오디오를 포기하셨다는 걸 알고 후회를 했지만 이미 늦었었지요.

그 후, 아빠는 다시는 오디오 장비를 사기 위해 돈을 모으지 않았어요. 아빠는 이제 더 이상 젊지 않으셨던 거예요.

아빠의 마지막 기회를 앗아 버렸다는 죄책감을 품고 있던 저는, 몇 년 전 원고가 당선되어 상금을 받았을 때 그토록 원하시던 하이파이 장비를 사 드렸어요. 의외로 아빠의 표정이 담담해서 이제 좀 시들해지신 건가 했지요. 솔직히 괜한 데에 목돈을 쓴 건 아닌가 싶은 생각이 조금 들었어요.

그날 밤 늦게 저는 물을 마시러 불 꺼진 거실에 나왔다가 구석에 시커먼 그림자가 웅크리고 있는 걸 보고 소스라쳤어요. 어둠에 눈이 익숙해지고 나서야 그게 아빠라는 걸 알고 가슴을 쓸어내렸지요.

아빠는 제가 있다는 것도 모른 채 헤드폰을 끼고 심포니를 듣고 계셨어요. 리듬에 몸을 내맡긴 듯 지그시 눈을 감은 얼굴을 까닥까닥 하면서. 그때의 아빠는 우윳병을 빠는 아기처럼 평화롭고 행복해 보였어요. 그런 아빠를 보니 윗가슴이 뻐근한 것이 이내 눈물이 날 것 같아 그냥 방으로 들어와 버렸어요. 저는 알고 있었거든요. 아빠의 청력이 예전 같지 않아서 이제 더 이상 미세한 음질의 차이를 감별해 낼 수 없다는 것을요.

젊은 시절 단 한 번도 자신을 위해 제대로 된 오디오를 가져 보지 못했던 아빠. 아빠가 그 최고급 오디오 장비의 가치

164

를 직접 귀로 확인하실 수 없었다고 해도, 그때 그걸 사 드
린 건 제 평생 가장 잘한 일 가운데 하나였어요.

봄날의 기다림

엄마.

예나 지금이나 전 봄이 좋아요. 제가 좋아하는 프리지어가 꽃집마다 넘쳐나고, 빛깔부터가 다른 봄 햇살을 구경하고 있으면 어쩐지 좋은 일이 생길 것만 같지요. 그래서인지 따사로운 봄날 누군가를 기다리는 일은 결코 무료하지 않아요. 아득히 멀게만 느껴지는 그 어린 시절의 봄날도 그랬어요.

바람만 불면 실려 오는 라일락 향기에 자꾸만 수업을 놓쳐 버리던 저는 아홉 살이었지요. 그날도 창 밖 봄 풍경에 정신이 팔려 있는데, 선생님이 저를 부르는 소리에 뜨끔했지요.

"임선미, 전시회에서 네 그림이 가장 앞에 걸리게 됐다. 특별히 액자에 예쁘게 담아 와."

뭐든 열심이시던 젊은 담임선생님은 지난 사생대회에서 아이들이 그렸던 그림들, 백일장에서 썼던 글들을 모아 조촐한 전시회를 열기로 하셨던 거예요. 제 그림이 그 전시회의 가장 좋은 자리를 차지하게 된 것이었고요. 저는 가슴이 두근거렸어요.

"여러분과 부모님한테 좋은 추억이 될 거예요. 꼭 엄마 오시라고 하세요."

저는 '엄마'라는 말에 걷잡을 수 없이 기분이 가라앉기 시작했어요. 마치 잔뜩 바람을 들이마셨다가 푸시시 쪼그라드는 풍선 같았지요. 바로 그 전날 엄마가 항암 치료를 받고 퇴원해 계셨거든요. 병원에서 수십 번은 족히 토하셨다는 엄마는 눈꺼풀을 들어 올릴 힘도 없는 얼굴로 내내 잠만 자고 계셨어요. 그런 엄마의 마른 얼굴과 엄마를 모시고 오라는 선생님의 목소리가 겹쳐지면서 제 어린 가슴은 콱 막혀 왔어요. 예민하고 생각이 많았던 저는 말도 못 꺼내고 이틀 동안 끙끙 앓으며 밥도 못 먹고 잠도 잘 자지 못했어요. 지금 생각해 보면 아빠나 언니오빠가 와 주었어도 되었을 것을, 왜 그렇게 엄마한테만 집착했는지 모르겠어요. 일생을 통해 가장 융통성이 없을 나이였던 제가 '엄마 모시고 오라'는 말을 액면 그대로 받아들인 탓도 있겠지만, 역시 엄마가 아니면 안 되는 아이들의 마음이란 다 같은 거겠지요.

3일째 되던 날, 모처럼 엄마가 일어나 앉아 죽을 드시는 걸 보았어요. 그 모습이 한결 생기 있어 보여서 저는 날 듯 기뻐하며 엄마에게 쪼르르 달려갔지요.

"엄마, 이제 다 나은 거야? 그럼 우리 학교에서 하는 전시회에 올 수 있겠네? 선생님이 한 사람도 빠짐없이 엄마 모시고 오랬어. 꼭 올 거지 엄마, 응?"

엄마는 제 말을 듣고 잠깐 당황하시는 것 같았어요. 그 모습을 옆에서 지켜보고 있던 언니오빠들이 다들 답답하다는 듯 한마디씩 했어요.

"막내 너는 아무리 어리다지만 어떻게 그렇게 철이 없니?"

"엄마가 이 몸 해 가지고 거기 가실 수 있을 것 같아?"

"엄마 스트레스 받으면 다시 편찮으실 텐데. 여기서 이러지 말고 오빠랑 나가서 놀자."

저는 갑자기 참았던 설움이 북받쳐서 울음을 터뜨리고 말았어요. 언니랑 오빠들은 그래도 다 큰 사람들이라 엄마의 부재를 견뎌낼 만큼 단단했어요. 하지만 저는 아니었잖아요. 오로지 아픈 엄마만 바라보던 가족들은 제가 어린애라는 사실을 자꾸만 잊고 있었던 거예요. 그래도 내 마음을 아는 건 엄마뿐이었어요. 엄마는 저를 안아 토닥거리며 굳게 약속하셨어요.

"선미야, 엄마 꼭 갈게. 정말이야."

엄마의 약속이란 애초에 무효라는 듯 아빠와 형제들은 누가 제 전시회에 와 줄 것인가에 대해 의논하느라 바빴어요. 종국에는 개중 시간 맞출 사정이 나은 대학생이었던 선형 오빠가 낙점되었지요. 그래도 저는 엄마가 와 줄 거라고 믿어 의심치 않았지만, 괜히 불안해져서는 선형 오빠가 전시 장소와 시간을 물을 때마다 길길이 뛰며 귀를 틀어막았어요.

전시회가 있던 날은 다행히 날씨가 좋았어요. 전시회장으로 쓰였던 교실 제일 앞 이젤에 걸린 제 그림은 인기가 좋았어요. 서울 올림픽 마스코트였던 호돌이를 제법 흉내내서 그렸거든요. 아이들마다 엄마 손을 잡고 작품을 돌아보고 있었지만, 우리 엄마는 아직 아니었어요. 저는 교실 밖 복도로 나가 엄마를 기다렸어요. 한참 시간이 지나 다른 아이들의 엄마들이 구경을 다 하고 돌아가는 것을 보니 저는 초조한 마음이 되었어요. 그래서 발꿈치를 들어서 창문에 매달려 산수유 꽃잎이 바람에 날리는 걸 구경하기로 했지요. 그랬더니 마음이 한없이 고요해지는 것이 아니겠어요. 거기서라면 얼마든지 엄마를 기다릴 수 있을 것 같았어요.

따사로운 봄 햇살에 자꾸 나른해지려는데 꿈결처럼 희미하고도 익숙한 목소리가 들려왔어요.

"선미야."

고개를 돌렸을 때 저는 세상에서 가장 아름다운 장면을 보게 되었어요.

엄마가 봄 햇살이 가로로 비춰 들어오는 긴 복도 끝에서 이리로 걸어오고 계셨던 거예요. 아껴 두었던 잔꽃무늬 원피스를 입고 화장도 곱게 한 엄마는 믿어지지 않을 만큼 예뻤어요. 유리창으로 들어온 햇살을 받아 윤이 나는 나무 바닥 위를 또각또각 다가오던 엄마는 마치 빛을 딛고 날아오는 요정 같았어요. 그 모습이 너무 눈부셔서 잠깐 눈을 감았는데, 엄마는 어느새 다가와 제 손을 잡으셨지요. 따뜻한 손이었어요.

엄마와 함께 멋지게 걸린 제 그림을 보고 전시장을 거니는 내내 저는 너무나 행복했어요. 혼자 잔뜩 들떠서는 아직 교실 안에 남아 있는 친구들을 하나하나 붙들고 "우리 엄마다!" 하고 자랑을 했지요. 그날만큼은 엄마가 다 나은 것 같은 기분이 들었어요. 아니라는 걸 알면서도 어린 저는 그렇게 믿고 싶었어요.

그러나 엄마는 그 후에도 1년 반 동안이나 병을 더 앓으셨지요.

엄마는 그 잠깐의 외출 때문에 너무 피로해져서 만 하루를 기절한 듯 주무셨고, 저는 식구들의 소나기 같은 핀잔을 들어야 했지만 후회가 되지는 않았어요. 그 봄날 화사했던 엄마의 모습은 제 가슴에 희망으로 남아 나머지 투병기간

엄마의 부재를 무사히 견딜 수 있게 해주었으니까요.

 사실 저는 알고 있었어요. 엄마는 그 하루를 위해서 며칠 전부터 정성껏 몸을 만드셨지요. 식이요법을 철저히 실천하며 입맛도 돌지 않는 식사를 애써 하셨고, 밤에 깊이 잠을 자려고 숙면에 좋다는 온갖 노력을 다하셨어요. 그날 컨디션이 좋게 해 달라고 밤낮으로 기도하셨다는 것도 다 알아요.

 그리고 그렇게 애를 쓰신 게 모두 저를 위한 마지막 기회일지도 모른다는 생각 때문이었다는 것도 알아요. 대책 없을 정도로 긍정적이었던 엄마도 자식을 두고는 '만약'을 염두에 두지 않을 수 없었나 봐요.

 전 아직도 봄만 되면 뭔가를 자꾸 기다리게 돼요. 그건 아마도 제 눈이 기억하는 가장 아름다운 엄마의 모습을 처음 보았을 때, 그 싱그러운 충격이 남긴 습관이겠지요.

나를 잘 아는 사람

제가 결혼해서 아이를 낳는다면 아이를 전학시키는 일 같은 건 하지 않을 거예요. 아이가 소심한 제 성격을 물려받는다면 더욱더 그래야겠지요.

저는 꼭 한 번 전학을 한 적이 있었어요. 중학교에 입학한 지 얼마 안 되어서였지요. 원래도 친구를 잘 못 사귀고 말이 없던 터라 새로 와서 앉은 교실 자리가 바늘방석이었는데, 하필이면 전학 온 첫날부터 음악 실기시험이 있었어요. 음악선생님은 제가 그날 전학 왔다고 하니까 다른 아이들이 시험을 치르는 동안 혼자 연습을 하고 맨 나중에 하라고 했지요.

"잘됐네. 신고식도 할 겸 전학생 노래를 들어 보자."

그때의 제가 고등학생쯤이라도 되었다면 시간을 좀더 달라거나 이전 학교에서 배운 다른 노래로 시험을 보겠다는 말이라도 꺼내 보았으련만, 당시의 전 초등학생과 진배 없는 어린애였지요.

가슴을 두근거리며 안간힘으로 노래를 연습한 저는 제 차례가 되어 앞에 나가자 그만 얼어 버리고 말았던 거예요. 제 볼 시험을 모두 마치고 긴장이 풀린 반 아이들은 오자마자 신고식을 치르게 된 전학생을 재미난 구경거리라도 되는 듯 바라보고 있었어요. 맹세코 제가 살아온 동안 그때만큼 떨렸던 적은 없었어요. 대학 입시를 치를 때에도, 중요한 원고를 출판사에 맡겨 놓고 결과를 기다릴 때에도 그만큼 긴장하지는 않았어요.

굳을 대로 굳어 있던 제 목소리는 그 유명한 '봄처녀'를 부르다가 고음 부분에서 쩍 갈라지고 말았어요. 반 아이들은 책상을 두드리며 소란스럽게 웃어댔고 전 얼굴이 벌개졌어요. 노래를 계속 부르기는 해야겠는데 웃음소리는 잦아

들지 않고, 머리에 계속 피가 몰려 어지러웠던 저는 울먹울먹 소리를 빽 질렀어요.

"너희들, 너무하잖아. 그만 좀 해!"

그때였어요. 표정이 싸늘해진 음악선생님이 제게 물었어요.

"전학생, 너 이름이 뭐야?"

"임…… 임선미입니다……"

"너 기억해 둘 거야. 전학 온 첫날부터 어떻게 태도가 그렇게 건방져? 너 때문에 이렇게 수업 분위기가 엉망이 됐는데 도리어 소리를 질러? 더 이상 너 같은 애 노래 들을 필요도 없어. 넌 무조건 0점이야. 자리로 들어가."

어려서부터 조용한 모범생이어서 선생님들에게 크게 혼날 일이 없었던 저는 여간 충격을 받은 게 아니었어요. 억울하고 부끄러워서 얼른 자리로 들어가려는데, 선생님이 다시 한 번 물었지요.

"넌 커서 뭐가 되려고 그러니? 응? 뭐가 될 거야?"

그 말에는 지금 생각해도 대답해선 안 되는 거였어요. 하지만 선생님의 반복된 물음에 그만 순진하게 '작가요' 하고 대답을 하고 만 거예요. 그러자 그 선생님은 코웃음을 치고 말했어요.

"너 같은 게 작가가 되면 내 손에 장을 지진다."

자리에 돌아온 저는 책상에 엎드려 서럽게 울었고, 아무도 그런 저를 위로해 주지 않았어요. 태어나서 그렇게 외로웠던 기억이 없어요. 그 일 때문에 한동안 저는 친구를 사귀지 못하고 학교에서 겉돌았지요.

이제 어른이 되어 교사를 하고 있는 친구와 선후배가 수두룩한 저는, 선생님도 사람이라 실수를 할 수 있다는 것을 잘 알아요. 그날 기분에 따라 행동을 달리할 수도 있고, 개인적인 취향 때문에 학생을 편애하는 마음도 충분히 생길 수 있지요. 하지만 그 모든 걸 이해하는 지금에 되돌아보아도 그 음악선생님은 절대로 교사가 되어서는 안 될 사람이었어요.

음악선생님에게서 악담을 들은 날, 저는 집에 와서 끙끙 앓기 시작했었지요. 처음엔 너무 수치스러워서 식구들에게 그런 일이 있었다는 말조차 꺼내지 못했어요. 나중에야 그

이야기를 들은 엄마는 말을 하면서도 절로 서글퍼져 찔끔 찔끔 눈물을 짜던 제 손을 꼭 잡아 주며 말씀하셨죠.

"그 선생님 말씀은 틀려. 분명히 너는 꼭 멋진 작가가 될 걸."

"치, 엄마가 그걸 어떻게 알아?"

"엄마가 널 더 잘 알잖아. 그 선생님이 너란 애를 모르고 한 말을 믿을래? 너를 제일 잘 아는 엄마 말을 믿을래?"

그때 미소를 머금고 말갛게 저를 내려다보던 엄마의 눈은 정말 저를 잘 알고 있는 것 같았어요. 요즘 사람들 눈은 참 바쁘잖아요. 텔레비전에, 신문에 시선을 오래 꽂고 있기는 해도 사람을 그렇게 바라보고 있지는 못하지요. 하지만 엄마는 달랐어요. 엄마는 사랑하는 사람들을 끈기 있게 들여다볼 줄 아는 넉넉함이 있는 아주 특별한 분이셨지요. 그때 저는 누군가가 정성스럽게 바라봐 주는 것만으로도 그렇게 큰 위로가 될 수 있다는 걸 처음 알게 되었어요. 그래서 진 저리 처지도록 가기 싫은 새 학교에 적응해 볼 용기를 내게 되었지요.

엄마는 학교에 가기 힘겨워하는 저를 매일 손잡고 데려

다 주셨어요. 저녁에도 끝날 시간에 맞추어 저를 데리러 오셨고요. 엄마와 함께 오순도순 수다를 떨면서 떡볶이나 호떡을 사먹던 등하교길의 잔재미가 없었다면, 그때 전 비행청소년이 되었을지도 모를 일이에요. 얼마 후 학교길을 함께할 친구가 생기자 엄마는 더 이상 저를 데리러 학교에 오지 않으셨어요.

가끔 오빠들 이야기를 들어 보니, 부모들은 자식들이 친구들과 잘 못 어울리는 기미가 보이면 가슴이 철렁 내려앉는다면서요. 그때 엄마는 어떤 마음으로 아침 저녁 그 먼 학교길을 오가셨어요? 작은오빠가 속을 썩일 때 그랬듯, 한 발짝 한 발짝 간절한 기도로 걸음을 떼며 와 놓고선 아무렇지도 않은 듯 웃으며 저를 맞았던 건 아니었는지요.

저를 잘 알았던 사람, 엄마의 예언대로 저는 정말 작가가 되었어요. 지금 엄마가 눈앞에 있다면 쾌활한 목소리로 이렇게 말씀하셨겠죠.

"애, 선미야. 그 음악선생님한테 연락해서 손에 장 지지라고 해라."

불가능은 없다

대학 시절 저는 연극부 활동을 열심히 했었지요. 물론 배우로 연기를 한 것은 아니고 대본을 썼어요. 그 시절 저는 지금 쓰는 것과 같은 동화보다는 극본에 푹 빠져 있었거든요. 학교 가을 축제 때 무대에 올릴 그해의 연극은 제 필생의 역작이었어요. 저는 그 전에도 작은 콩트를 써서 무대에올린 적이 있었는데, 자신이 글로 쓴 내용이 무대 위에서 재현되는 걸 지켜볼 때의 쾌감은 말로 다할 수 없는 것이었어요. 하물며 배우 열댓 명이 동원되는 한 시간 반짜리 공연을 준비하는 마음이 어땠겠어요. 저는 대본이 완성된 다음부터는 스태프로 뛰면서 밤낮없이 연극에 몰두했어요. 그런데 공연이 사흘 앞으로 다가온 날 밤, 저는 한 가지 중요한 사실이 기억났어요. 대본에 나와 있는 아주 중요한 소품이 준비되어 있지 않은 것이었어요. 그건 십장생이 그려진 병풍이었어요. 그런데 그냥 수를 놓거나 한지로 그린 십장생이 아니라 자개로 장식이 되어 있는 것이라야 했어요.

대본을 쓸 때야 아무 생각 없이 내용상 필요한 물건을 상상해서 써 넣은 것이었는데, 막상 구하려고 하니 앞이 캄캄했어요. 원래 자개라는 것이 전통 목공예에 쓰이는 재료잖아요. 어느 기괴한 취향을 가진 장인이 그런 것을 기 쓰고 병풍에 붙여 놓았겠어요. 그래도 혹시나 해서 황학동 벼룩시장과 고가구점 같은 곳을 뒤지고 다녔지만, 역시 자개로 십장생을 장식한 병풍 같은 건 없었어요.

연극부 친구들과 저는 이제 두 가지 중 하나를 선택해야 했어요. 대본을 뜯어고치거나 소품을 자체 제작하거나.

공연을 이틀 남겨 놓고 대본을 고치는 건 연기를 하는 친구들이 적극적으로 반대를 해왔어요. 그 병풍이 내용과 얽혀져 있는 부분이 많기 때문에 소품을 그냥 평범한 병풍으로 바꾸면 바뀔 내용이 한두 군데가 아니었거든요. 몇 달 동안 간신히 외운 대사를 갑자기 바꿔 외우는 건 불가능하다는 것이 그 친구들의 주장이었어요. 할 수 없이 몇몇 친구들과 밤을 새워 자개 병풍을 만들기로 했지요. 구하기도 만만치 않은 재료들을 구해다가 밤새도록 작업을 하기는 했는데, 아침에 거의 다 완성된 것을 보니 한숨만 나왔어요. 맘 같지 않게 병풍 장식이 너무 조악해 보였던 거죠. 아무리 조명으로 잔재주를 부린다고 해도 관객에게는 초등학교 전시 작품 정도로밖에 안 보일 것이 뻔했어요. 연극은 그 병풍 하나를 매개로 한 남녀가 죽고 살고 하는 운명이 엇갈리는 비극이었으니, 자칫 코미디로 전락할 수도 있는 일이었어요. 저라도 심각한 장면에서 그 병풍이 등장하면 웃음을 터뜨릴 것 같았으니까요. 그래도 공연이 하루밖에 남지 않았으니 별 수 없었지요.

공연을 앞둔 전날, 1년을 준비한 공연이 애들 학예회가 되느냐 마느냐 고민에 빠져 안색이 파리해진 저는 엄마에게 하소연을 했어요. 엄마는 너무 걱정하지 말라고 위로해 주셨지만, 말 그대로 위로일 뿐이었어요.

그날 밤, 어딘가 외출을 했다가 밤늦게 돌아오신 엄마는 끙끙대고 현관 위까지 끌어들인 물건을 보라며 절 불러내셨지요. 그걸 뒤져 보던 저는 기절할 듯 놀랐어요.

"말도 안 돼!"

그건 십장생 하나하나를 자개로 장식한 병풍이었던 거예요. 물론 제가 친구들과 급조한 것과 같은 것이 아니라, 진짜 장인의 작품이었지요. 전통 물건에 대한 기본 지식이 전혀 없었던 제가 아무렇게나 머릿속에서 만들어 낸 물건이 진짜 존재한다니! 설사 존재한다고 해도 엄마는 그걸 어떻게 몇 시간 만에 찾아내 집으로 가져오셨던 걸까요?

"엄마! 대체 이걸 어디서 어떻게 구했어요? 엄마 대단하다!"

"내 새끼가 그게 없으면 안 된다는데 못 구하겠니? 엄마들한테 불가능이란 없다 얘."

"진짜 어디서 났는데?"

"비밀이야."

그 병풍은 제가 최초로 대본을 쓴 공연 무대의 멋진 배경이 되어 주었고, 공연은 태반의 관객들을 울리며 성공적으

로 끝났어요. 비록 아마추어 작품이긴 했지만, 제가 환갑이
돼서도 잊을 수 없을 멋진 경험이었지요.

　저는 엄마를 사랑하긴 했어도 존경하지는 않았던 것 같
아요. 선경 언니는 엄마처럼 살고 싶다는 말을 자주 했지만,
제 눈에 엄마는 가정에 묻혀 단조롭게 사는 평범한 주부일
뿐이었거든요. 좀 유난스러운 젊은이들이 늘 말하듯, 저도
평범하게 살기는 죽기보다 싫었어요. 눈에 보이는 일은 아
무것도 해내지 못하고, 그저 무력할 뿐인 엄마와 같은 어른
여자가 되고 싶지 않았어요. 그런데 그날의 엄마는 제가 생
각하던 사람이 아니었어요. 그 일을 계기로 가만히 생각해
보니 엄마는 도전과 성취에 재능이 없는 분이 아니셨어요.
그 방향이 언제나 엄마 자신이 아니라 우리를 향해 있었던
것뿐이었지요.

　그래서일까요? 영화 〈미션 임파서블〉의 주제곡을 들으면
그 유명한 미국 배우가 아니라 엄마가 먼저 생각나는 것은
요. 우리를 위해서라면 '불가능한 임무'도 척척 해내던 엄마
를 이제 전 온 마음으로 존경하고 있어요. 다른 존재를 엄

마처럼 온전히 사랑할 수만 있다면, 제가 가진 무엇과도 바꿀 수 있을 것 같아요. 사랑은 재능이 아니라고 어떤 물색 모르는 사람이 말했던가요.

그런데 엄마, 지금까지도 못 견디게 궁금한 일이 있어요. 그 병풍 정말 어디서 구해 오신 거예요?

늦기 전에 사랑한다고 말해요

다 자란 제가 아빠와 크게 다툰 적이 있었지요. 아빠가 식구들과 의논도 하지 않고 거액의 보험을 들어 놓으신 것에 대해 제가 화를 냈었어요.

"설계사가 아빠 고향 후배라고요? 그분 너무 염치없는 거 아니에요? 우리 형편에 이렇게 비싼 보험이 무슨 필요가 있어요? 더 늦기 전에 당장 해약하세요."

"그럴 순 없다. 아빠가 다 뜻이 있어서 해놓은 일인데, 너는 이야기도 안 들어 보고 그렇게 펄펄 뛰기부터 하냐?"

"아빠!"

전 가슴이 답답했어요. 어떤 가족이든 서로의 모든 것을 이해할 수 있는 것은 아니지요. 전 가끔 정에 이끌리는 아빠가 못마땅할 때가 많았어요. 이런 일이 생길 때면 각자 결혼을 해서 맘 편하게 나가 사는 언니오빠들이 부러운 마음이 생기기도 했지요.

"제가 이 집에서 나갈 때가 된 것 같네요."

"보험료 너더러 내라고 안 할 테니 그만 좀 하거라!"

아빠도 화가 많이 나신 것 같았어요. 엄마라면 그 상황에서 적절히 중재를 하셨을 텐데, 마침 엄마는 외출하고 안 계셨어요. 이제 노처녀 소리를 들을 만큼 나이가 찬 제가 아빠와 그렇게 한심하게 다투고 있다는 그 자체가 저를 몹시 피로하게 했어요. 저는 간단히 옷가지를 챙겨 들고 집을 나섰어요.

"아빠랑 더 이상 얘기할 필요가 없겠네요. 저 당분간 나가 있을 테니 찾지 마세요. 엄마한테는 제가 따로 전화할 게요."

아빠는 소파에 앉으신 그대로 뒤도 돌아보지 않으셨어요. 저는 차에 짐을 싣고 시동을 걸었어요. 무작정 주차장을 빠져나오긴 했는데 어디로 가야 할지 아직 마음을 정하지 못했지요. 혼자 오피스텔을 얻어 생활하고 있는 친구 몇 명의 얼굴을 떠올리고, 그중 가장 맘 편하겠다 싶은 친구를 정해 일단 전화를 넣어 놓았어요. 하필 친구 집이 가던 방향과 반대라 저는 차를 돌렸지요. 그때 그 골목길에서 기겁을 하는 남자를 보게 되었어요. 저보다 몇 살쯤 많아 보이는 그 남자의 표정을 보고 별로 잘못한 것도 없는 제가 더 놀랐지요.

차를 세우고 차창 밖을 내다본 저는 그 남자가 왜 그랬는지 알게 되었어요. 제가 방향을 돌던 골목 어귀에 겨우 걸음마에 재미 붙였겠다 싶은 작은 여자아이가 서 있었던 거예요. 아빠로 보이는 그 남자는 진땀 난 얼굴로 제게 살짝 목인사를 하고는 아이의 손을 잡았어요. 그러자 아이는 그 작은 미간을 찡그리며 야멸차게 손을 뿌리치고는 제멋대로 저만치 뛰어가는 것이었어요. 덩치가 산 만한 그 아빠는 쩔쩔매며 쓰러질 듯 아슬아슬 뛰어가는 아이를 따라갔어요. 저는 한참 동안 그 부녀의 뒷모습을 지켜보았어요. 아이는 연약한 제 다리로 바깥 세상을 누빌 수 있다는 게 신기한지 아빠한테 안기려고도, 손을 잡으려 들지도 않았어요. 마냥 신이 난 아이는 아빠에게 단 한 번도 눈길을 주지 않고 있었지만, 아빠는 온 정신을 다해 아이를 바라보고 있었지요. 저는 그 아빠의 눈길이 낯설지 않다고 느꼈어요.

아빠, 아빠도 그런 눈길로 저를 자주 바라보셨었지요. 제가 아빠 마음을 몰라줄 때 언제나 그런 안타까운 눈빛이셨어요. 문득 그런 아빠를 혼자 두고 나온 게 마음에 걸리기 시작했어요. 집 쪽으로 다시 차를 돌릴 만큼 마음이 돌아선 것은 아니었지만, 수십 분 전 현관문을 열고 나가라고 저를 몰아대며 등을 떠밀던 폭풍 같은 감정은 이미 잠잠해져 있었어요. 잠시 망설이고 있던 저는 때맞춰 엄마가 자주 해주셨던 말을 생각해 냈어요.

"귀한 사람에게 사랑한다, 혹은 미안하다는 말을 해야 할까 말아야 할까 하는 갈등이 생기면, 그런 생각이 드는 그 순간 말을 해야 하는 거야. 자존심이나 부끄러움 같은 건 잊어버려. 그러지 않으면 후회하게 될 때가 너무 많아. 그런 말은 너무 늦기 전에 해야 하는 거야."

마침내 저는 차를 돌려 집으로 돌아갔어요.

아빠는 제가 나올 때와 똑같은 자세로 앉아 계셨어요. 제가 현관문을 열고 들어갔을 때 돌아보는 아빠의 얼굴에서 아주 희미한 미소를 잠깐 본 것도 같았어요. 저는 주춤거리며 아빠에게 다가갔어요. 그리고 말했지요.

"아빠, 미안해요. 제가 잘못했어요."

그러자 아빠는 제가 내민 손을 꼭 그러쥐셨어요.

"……너한테 미리 말을 했어야 했는데…… 사실 그 보험 판다는 동생, 그 녀석이 부탁하기도 전에 내가 먼저 불렀다. 몇 년 전 온 식구가 보증을 서 줬던 아들 사업이 망하는 바람에 그 나이에 길에 나앉다시피 하고 살고 있지 뭐냐. 그 못난 사람이 몇 년 동안 소식 한 장 없더니, 그새 글쎄 그런 모진 일을 당했다는구나. 네 말처럼 어리숙한 늙은이 구슬러서 제 잇속 채울 위인도 못 된다. 어려서는 형제처럼 지내던 사람인데, 내 처지에 크게 도와줄 건 없고 해서 보험 하나 들어 준 거야. 형편을 봐서 나중에 해약을 할 테니 너무 마음 쓰지 마라."

듣고 보니 별일도 아닌 걸 가지고 아빠에게 그렇게 활화산처럼 불을 쏟아냈던 것이었어요. 저는 아주 오랜만에 아빠를 꼭 안아 드렸지요.

"아빠, 사랑해요."

아빠는 허헛, 허헛 하며 어색해 하셨지만 기분은 좋으신 것 같았어요. 전 엄마의 충고를 따르지 않았으면 후회할 뻔 했다는 생각을 했지요.

그 일이 있은 이틀 뒤, 아빠는 엄마와 함께 그 사고를 당하셨어요.

도무지 어떻게 제 몸과 마음을 감당해야 하는지 중력마저 버겁던 시간들.

아빠와 엄마를 떠나보내던 그 장례식장에 초췌한 얼굴을 한 노신사가 찾아왔더군요. 자신을 아빠의 고향 후배라고 소개한 그 아저씨의 성함을 들어 보니, 아빠가 보험을 들어준 그분이었어요. 그분이 신을 벗고 영정 앞에 절을 하는 모습에 눈이 갔는데, 양말 뒤꿈치가 몹시 헤져 노란 굳은살이 훤히 비치고 있었어요. 자세히 보니 입고 있는 양복도 깃이 닳아 있고, 오랫동안 세탁을 못한 듯 손때가 자주 닿는 부분들이 반들반들했어요. 힘겹게 두 번의 절을 하고 난 그분은, 마치 피로한 몸을 바닥에 부리듯 쓰러져 한동안 일어나지 못하셨어요. 잠시 후 여윈 어깨가 들썩이는가 싶더니 신음 소리에 가까운 울음소리가 새어 나왔어요. 그분은 그렇게 엎드려 아주 오래도록 서럽게 우셨어요.

얼마 후 보험회사에서 연락이 왔는데, 아빠가 들어 놓은 보험의 수혜자가 저라고 하더군요. 저는 어처구니없게 제 손에 떨어진 그 돈의 반을 떼어 그 아저씨한테 드렸어요. 아저씨는 몹시 놀라며 사양하셨지만, 그냥 쥐어 드렸어요. 어쩐지 그래야 할 것 같았어요.

두 분을 잃은 뒤 한동안은 생각하지 못한 일이었지만, 그 때 아빠에게 다시 돌아가지 않았다면 저는 얼마나 크게 후회를 했을까요. 그대로 헤어진 채 아빠를 잃어야 했다면, 제 남은 인생에 얼마나 통절한 한스러움이 남았을까요. 마치 이별을 예감한 것처럼 사랑한다는 말을 할 수 있어서 다행이었어요. 늦기 전에 그 말을 할 수 있어서 참으로 다행이었어요.

4장

세상에서 가장 강력한 동기

늦은 저녁, 찬바람이 부는 베란다로 쫓겨나 담배를 뻐끔거리면서 이따금씩 아버지를 떠올리곤 합니다. 사람 순하기로 유명했던 아버지가 단숨에 금연에 성공하도록 한 것은 '강력한 동기'였습니다. 나 때문에 내 새끼가 건강을 상할지도 모른다는 두려움 말입니다. 하루에도 몇 번씩 손가락 굵기도 되지 않는 담배에 굴복하면서, 저는 저보다 만 배는 나은 아비인 아버지, 당신을 생각합니다.

어머니의 건강법

어머니는 좀 엉뚱한 분이셨어요. 범상한 사람들이라면 생각만 해보고 넘어갈 일을 반드시 실천하고야 마는 분이셨죠. 한 번은 어느 건강 강좌에서 항문 괄약근을 조였다 폈다 하는 것이 건강에 좋다는 말을 들어 가지고 오셔서는 온 식구들이 저녁시간에 모여 함께 항문 운동을 할 것을 제안하셨지요. 그 운동은 시간과 장소에 구애받지 않으니 각자 알아서 하는 게 좋겠다는 형의 의견은 '그렇게 하면 결국 안 하게 된다'는 어머니의 한마디로 쪼그라들고 말았지요. 말이 '제안'일 뿐 어머니의 주장이란 게 늘 반 강제적인 것이어서 우리 식구들은 좋으나 싫으나 그 민망한 운동에 동참할 수밖에 없었어요.

어머니 자식 중 가장 말 안 듣던 저는 하라는 항문 운동은 하지 않고 다른 식구들 표정을 구경하고 있었어요. 어차피 겉으로 보아서는 하는지 안 하는지 알 수가 없는 유일한 운동이 괄약근 운동이니까요.

"선국이 너! 딴청 부리지 말고 식구들 할 때 그냥 같이 하렴."

대체 어떻게 아셨을까, 속으로는 움찔하면서도 저는 시침을 뗐어요.

"왜요? 저 열심히 하고 있는데요."

"귀신을 속여라. 지금 네 표정은 다른 식구들하고 달라. 옛날 동물원 처음 데려갔을 때 코끼리 쳐다보던 그 얼굴하고 똑같아!"

그 뒤로도 어머니는 머리를 맑게 해준다며 저녁마다 일정 시간 물구나무 서기를 할 것을 '제안'하기도 하셨고, 오장 육부를 튼튼하게 해준다는 발지압을 배워 와 온 가족이 전

196

에 없이 발을 신경 써 닦고 남에게 들이미는 경험을 하게 하기도 하셨어요.

그중에서 가장 잊을 수 없는 것은 '하루 한 번 포옹하기 운동'이에요. 그것은 우리 집안에서 어머니가 도입하신 '운동' 중 가장 오래 지속된 것이기도 했지요. 미국 어느 학자의 저서에서 깊은 인상을 받으신 어머니는, 포옹을 하는 것이 정신 건강과 육체 건강에 고루 좋은 영향을 끼친다며, 온 가족이 각자 다른 가족 모두를 하루에 한 번씩 안아 주도록 '제안'하셨지요.

다른 때와는 달리 가족들의 항의가 아주 거셌어요. 단한 사람 초등학생이었던 막내 선미가 찬성을 했지만, 그 애야 누가 안아 주지 않아 안달이었던 어리광쟁이였으니 열외였고요.

반대 의견을 낸 식구들 중 제가 제일 극성맞게 반항이었지요.

"엄마, 여기는 한국이에요. 하시려면 엄마아빠 두 분끼리 하세요. 다 큰 총각처녀들이 어떻게 덥석덥석 껴안아요?"

그때 저는 제법 면도가 익숙해진 시커먼 고등학생이었잖

아요.

 어머니는 하다 보면 익숙해진다고 강행하셨어요. 한동안 우리들은 포옹하기가 싫어 도망 다니거나 강제로 우리를 껴안는 어머니 품에서 나무토막처럼 어색하게 서 있었지요. 그러나 시간이 지나자 정말 어머니 말씀대로 익숙해지는 것이었어요.

 제가 대학생이 되고도 어머니의 포옹하기 운동은 계속되었지요. 어느 날, 저는 차마 떠올리기도 싫은 끔찍한 하루를 보내게 되었어요.

 제가 1년 동안 정성을 들여 겨우 사귀게 되었던 아영이 기억하시죠? 바로 그 애가 헤어지자고 말한 날이었어요. 다른 남자가 생겼다나요. 그날 저녁 멍한 기분으로 호프집 아르바이트를 갔다가 손님 옷에 안주를 좀 흘리고 말았던 거예요. 쩔쩔매며 사과할 때 너그럽게 넘어가면 될 일인데, 그 손님은 남은 맥주를 제 얼굴에 끼얹었어요. 그렇지 않아도 건들면 터질 것 같던 차에 성격 나쁜 제가 참았겠어요? 순식간에 주먹 싸움이 벌어졌고, 저는 호프집 주인에게 호되게 혼난 후 일자리를 잃었지요.

늦은 밤, 긁힌 얼굴 상한 마음으로 고양이처럼 현관을 들어설 때, 어머니는 그때까지 기다리셨는지 하품으로 저를 맞으셨어요. 그리고 평소처럼 '어서 와' 하며 저를 품에 꼭 안아 주셨지요.

그때였어요.

갑자기 제 가슴께에 콱 얹혀 있던 딱딱한 무언가가 눈처럼 스르르 녹기 시작하더니 울컥 입으로 넘어오는 것이었어요. 저는 그대로 어머니를 안고 꺼이꺼이 울기 시작했어요. 대체 왜 그랬는지 모르겠어요. 어머니는 잠깐 놀라시는가 싶더니, 이내 아무 말 없이 저를 안아 주셨지요. 어머니보다 한 자나 더 큰 장정이 밑도 끝도 없이 품에 매달려 우는데도 어머니는 고즈넉하셨어요.

어머니의 포옹에서 벗어난 뒤 저는 씻지도 않고 들어가 곯아떨어졌어요. 달고 깊은 잠이었지요.

어머니가 가르쳐 주신 포옹을 저는 지금도 잘 써먹고 있습니다. 저는 한 술 더 떠서 하루에 세 번씩 포옹하기로 했답니다. 사업하느라고 가족과 많은 시간을 함께하지 못하는 저는, 이 포옹으로 얼마나 많은 이혼의 위기를 넘겼는지 모릅니다.

사실 한 달이 멀다 하고 바뀌던 어머니의 수많은 건강법들이 얼마나 효과가 있었는지는 잘 모르겠어요. 하지만 그것들은 우리들이 서로를 바라보고 보듬게 만드는 일종의 이벤트였어요. 어머니 덕분에 우리 집은 매일매일이 이벤트 데이였어요. 항문 운동을 하면서 낄낄거리고, 물구나무 서기를 하는 형의 다리를 잡아 주고, 발지압 한다고 누이의 발바닥을 만지고, 자상하지만 영 말이 없으시던 아버지 품에 안겨도 보고…….

그때보다 더 즐거웠던 기억을 찾을 수가 없습니다.

못생긴 만두

우리 집 식구들은 늘 수다스럽고 서로 대화가 많았기에 자라면서 아이들이 엇나가는 일들이 없었지요. 개중 제가 가끔 말썽을 피워 부모님을 심심치 않게 해드리긴 했지만요.

제가 담배를 피우고 정학당한 경력이 있는 아이들과 좀 어울렸다 해서 문제아인 것은 아니었어요. 담배는 그냥 겉 멋이었고, 그 애들과 어울린 건 전교생이 친구인 화려한 넉 살의 소유자인 저의 넓은 인간관계의 일부였을 뿐이었어요. 다만 그 장면을 선생님에게 들킨 때가 너무나 안 좋았던 거지요.

담임선생님이 부모님을 모셔 오라고 했을 때, 어머니는 자궁암 진단을 받고 투병을 하고 계셨어요. 항암 치료가 끝나고 집에 계시는 어머니는 너무나 초췌해 있으셨고, 집안은 말이 아니었지요. (아! 정말 그때 시간들은 떠올리고 싶지조차 않습니다.)

제가 차마 선생님의 전언을 말하지 못하고 불안하게 학교와 집을 오가던 며칠이 지난 어느 날, 현관에 들어서자 싸늘한 공기가 느껴졌어요. 저는 직감적으로 올 것이 왔구나 하고 생각했지요. 아버지는 학교에서 돌아온 저를 보자마자 방 안으로 불러들이셨고, 아버지 어깨 너머로 형제들의 난감한 눈빛이 느껴졌어요. 특히 형의 그 차가운 표정이란……

회사에서 담임선생님의 전화를 받으셨다는 아버지는 제게 자초지종을 들으시고 다음날 직접 학교로 찾아가겠다는 말씀을 하셨어요. 그리고는 '앞으로 조심해라' 한마디뿐이셨지요.

의외로 너그럽고 범상한 아버지의 반응에 적이 안심이 되었던 저는 한결 밝아진 얼굴로 방으로 들어갔어요. 이미 방에 들어와 책을 들여다보고 있던 형은 그런 제 얼굴을 보자 아주 오래도록 잊히지 않을 말을 했지요.

"버러지 같은 자식!"

형은 꼴도 보기 싫다는 듯 이내 방을 나가 버렸지만, 그 말의 여운은 귀에서 떠나지 않았어요. 차라리 사내애들이 곧잘 아무렇게나 씹어뱉곤 하는 막욕이었다면 저는 아무렇지도 않았을 거예요. 오히려 '맞아, 나는 그런 소리 들어도 싸' 하고 넘겨 버렸을 거예요. 버러지 같은 자식…… 이 세상에 존재하는 모든 경멸과 미움을 담은 듯한 그 한마디는 제 스스로가 정말 한 마리 벌레처럼 느껴지게 만들었을 정도였지요.

이상하게 가슴이 아프고 한없이 눈물이 났어요. 어쩐지 제가 이 집에 있어서는 안 될 사람처럼 느껴져서 저는 가출이란 것을 했었지요. 이제 와서 스스로가 착한 놈이라고 변명할 생각은 없지만, 저는 정말 형이 밉지 않았어요. 그토록 착한 형의 입에서 그런 말이 나오게 한 제가 미워서 견딜 수가 없었던 거예요.

저는 친구들 집을 전전하며 닷새를 보냈어요. 대문을 나

203

설 때는 다시 돌아오지 않을 생각이었는데, 막상 밖에 뛰쳐나가 보니 제가 있을 곳이 없더라고요. 할 수 없이 저는 저 때문에 병이 더 깊어졌을 어머니와 저 때문에 실망했을 아버지, 저 때문에 화가 났을 형제들을 생각하면서도 집으로 돌아왔지요. 어쩌면 한바탕 얻어맞고 욕을 듣고 싶은 자학의 심리에서였는지도 몰라요. 그도 아니면 식구들이 너무나 보고 싶어 그랬는지도 모르지요.

문을 열어 준 사람은 형이었어요. 형은 현관에 들어서는 저를 무심하게 보더니 안방을 향해 소리를 냈어요.

"어머니, 선국이 왔어요."

잠시 후, 닷새 전보다 더 야위신 어머니가 나오셨어요. 어머니는 내 손을 오래도록 잡고 있으셨지요.

"배 많이 고프니?"

"아뇨."

"그럼 시간이 좀 걸려도 되겠구나."

부엌으로 들어가신 어머니는 선경이와 함께 김치를 다지고 두부를 으깨셨어요. 어머니는 만두소를 만들고 계신 거였지요. 제가 다시 태어나도 한국인이고 싶다고 할 만큼 좋아하는 음식인 김치 손만두를 만들기 위해서…….

또각또각…… 익숙한 칼 도마 소리를 들으면서 저는 스르르 잠이 들었어요. 나가 있는 동안 단 하루도 잠을 제대로 잘 수 없었거든요.

창 밖 풍경이 깜깜해질 무렵에야 잠에서 깬 저는 불도 켜지 않은 어두운 거실에서 유령처럼 만두를 빚고 있는 형을 보았어요. 쟁반 위에 5열 종대로 놓여 있는 만두 중 선경이가 만들었을 예쁜 것이 몇 개, 선미가 만들었을 것이 틀림없는 속 터진 만두가 몇 개, 그리고 형이 빚어서 놓고 있는 못생긴 것이 대부분인 것으로 보아 두 자매는 일찌감치 나가떨어지고 어머니는 속만 만들고 쉬고 계신 상황이었습니다.

"일어났냐?"

형은 저를 보더니 밀가루 묻은 손을 탁탁 털고 일어나 가스레인지 위에 올려놓은 찜통 뚜껑을 열었습니다. 잠시 후, 형은 소반에 간장과 젓가락과 모락모락 김이 나는 만두 접시를 담아 제게 내밀었어요. 모두 기묘한 모양을 하고 있는 형의 만두였습니다.

"많이 먹어라."

며칠 전 집을 나가게 했던 그 한마디 말처럼, 형의 그 말도 아주 오래도록 제 가슴에 남았습니다. 저는 고맙다는 말 대신 500년은 굶은 아귀처럼 만두를 먹어댔습니다.

만두는 맛있었고 제 지친 위장을 편안하게 해주었어요. 하루 종일 저를 위해 만두를 빚은 형의 마음처럼, 그리고 힘든 몸으로 만두소를 만들고 형에게 만두를 빚게 하신 속 깊은 어머니의 마음처럼요.

아버지의 꿈

아버지.

오늘은 모처럼 주말 외출을 하지 않고 오전 내내 이부자리에서 뒹굴어 보려고 했습니다. 그런데 나래 에미가 그런 저를 가만히 내버려 두지 않더군요.

"그러고 있지 말고 욕실 청소라도 좀 해요. 난 지금 빨래하느라 바쁘단 말예요."

모처럼의 온전한 휴일을 두고 아내는 집안 대청소, 저는 철저한 무위無爲라는 서로 다른 계획을 세우고 있었던 겁니다. 저는 각자의 계획대로 따로 휴일을 보내자는 합리적인 제안을 했지만, 나래 에미는 싫다고 하더군요.

"원래 욕실 청소는 남자들이 하는 거예요."

"그런 게 어딨어? 왜 그런 건데?"

"그걸 꼭 내 입으로 말해야 돼요? 남자들이 서서 볼 일을 보니까 아무래도 소변이 욕실에 튀게 되잖아요. 그러면 자연히 냄새도 나고. 결자해지의 차원에서 욕실 청소만이라도 남자들이 하는 게 보편적인 윤리관에도 맞는 일이지."

저는 벌떡 일어나 욕실로 갔습니다. 고등학교 교사인 나래 에미가 '보편적인 윤리관'까지 들먹이는 데에야 당할 수가 있나요. 더구나 나래 에미가 청소를 하겠다고 팔을 걷어붙인 이상 욕실 청소가 아니더라도 어디엔가는 반드시 동원되고야 말 테니까요.

청소를 하려고 팔다리를 걷기는 했는데, 어디부터 어떻게 해야 할지 모르겠더군요. 그냥 멍하니 거울을 보고 있는데 거울이 부옇더라고요. 갑자기 무슨 생각이 들었는지 저는 치약을 짜서 마른 수건에 묻혀 거울을 쓱쓱 닦았습니다. 그러자 거울이 막 사서 단 것처럼 반짝거리는 것이었어요.

욕조와 변기도 한참 노려 보고만 있으면 알맞은 청소 방법이 생각나는 것이었습니다. 더운물로 때를 불려 주방 세제로 욕조를 닦아내고, 락스에 적신 두루마리 휴지로 변기와 타일의 때를 걷어내는 저를 보고 나래 에미는 놀랐습니다. 급기야 헌 스타킹으로 수도꼭지 뒤쪽 구석을 닦아낼 때에는 결혼 전에 무얼 했었냐고 진지하게 묻기까지 했지요.

신기한 일이었습니다. 전 욕실 청소를 한 적이 한 번도 없는데, 모든 일이 너무나 익숙했습니다. 이런 게 말로만 듣던 데자뷰 현상인가 의아해 하면서 세면대 아래 수도관을 닦는데, 문득 아버지 목소리가 귓전에 들리더군요.

"여기 수도관은 베이킹파우더로 닦으면 말끔해진다."

저는 그제서야 모든 것이 아버지가 전수해 주신 방법이었다는 것을 기억해 냈습니다. 그러고 보니 아버지는 항상 우리 집 욕실 청소를 도맡아 하셨어요. '가정적인 가장'을 자처하면서도 요리나 빨래, 심지어 우리와 놀아 주는 것까지 몹시도 서툴렀던 아버지였지만, 욕실 청소만큼은 전문 업체 뺨칠 만했지요. 아버지가 며칠 출장이라도 다녀오실 때면 우리는 아버지가 얼마나 전문가다운 솜씨로 정성껏 욕실 청소를 하셨는지 확인할 수 있었어요. 어릴 때, 우리가

'아빠는 특기가 뭐야?' 하고 물으면 언제나 '욕실 청소' 하고 대답하신 것도 농담만은 아니었지요.

젊어서 한때, 어머니는 그런 아버지가 싫으신 적도 있었대요. 어머니가 꿈이 뭐냐고 물었을 때 아버지는 '신사임당의 남편 이원수 같은 사람이 되는 거'라고 하셨다면서요. 어머니는 그 말이 당신더러 신사임당 같은 현모양처가 돼 달라는 건지, 아니면 그 자신이 애처가가 되고 싶다는 건지 몹시 헷갈렸지만, 어느 쪽이어도 사나이의 야망이라고 하기엔 실망스러운 것이었대요. 우리도 욕실 청소가 특기라는 아버지에게서 대망을 찾아보기는 힘들었어요.

그러나 차차 철이 들고 한 사람의 남자로서 아버지를 볼 수 있게 되면서 아버지의 그 말들이 가졌던 의미를 이해하게 되었습니다. 많은 사람들이 사임당 신씨의 남편인 이원수 공을 무능한 사람으로 알고 있지만, 실은 그렇지 않았습니다. 학식으로 보나 관직으로 보나 충분히 존경을 받을 만한 인물이었지요. 다만 오늘날에도 천재였다고 평가되는 사임당에 비할 바는 아니었습니다. 중요한 것은 그 절대 불평등의 시대에 이원수 공이 사임당 신씨를 대했던 방식입니

210

다. 그는 자신이 모르는 것은 부끄럽게 생각하지 않고 아내에게 일일이 물어보았고, 아내를 진심으로 존중했지요. 그 덕에 자신도 입신을 하고 아내도 불멸의 예술가로 재능을 펼칠 수 있게 됐고요. 아내의 재능을 미워한 남편에게 끝내 이혼당하고는 자신의 작품을 모두 불태우고 자결한 허난설헌에 비하면 사임당 신씨는 행운아입니다. 그래서인지 요즘에는 이원수 공을 조선시대 최고의 도량을 지녔던 인물로 평가하는 사람도 많습니다.

아버지가 꿈꾸셨던 모습도 그런 것이었으리라 짐작됩니다. 자신이 가장 잘할 수 있었던 욕실 청소로 가족을 섬길 줄 알았던 아버지는, 어머니와 우리 4남매라는 열매의 뿌리이자 거름이 되고 싶어 하셨던 거였어요. 누굴 위해 일부러 희생하려고 하는 것이 아니라, 그 자체가 꿈이었던 셈이지요. 이원수 공을 닮고 싶어 하시던 아버지는, 사임당을 먼저 떠나보내고 평생 후처를 들이지 않았던 이원수 공의 전철은 밟지 않으셨으니 그래도 운이 좋으셨습니다.

아버지를 생각하며 열심히 손을 놀리다 보니 욕실 안이 통째로 흐르는 물에 헹군 듯 깨끗해지더군요. 청소의 비법

211

을 가르쳐 주려 애쓰시던 아버지…… 욕실 청소뿐 아니라 돌아가시고도 이렇게 자식놈의 가슴에 남아 훈계를 하실 수 있는 비법도 좀 가르쳐 주세요.

앞으로는 욕실 청소를 쭉 제가 하게 될 것만 같습니다.

이성과 모성

형제가 많다는 것은 아이들에게 좋은 일입니다. 저는 자라면서 심심하다고 느껴 본 적이 별로 없었고, 또 하나의 작은 사회였던 형제 관계에서 인간관계의 기본을 터득했습니다. 그래서 많은 순간 어머니아버지에게 감사했었죠. 그러나 어머니, 그 바글거리는 아이들 속에서 성장하며 안 좋은 점은, 내 자신이 소중한 존재라는 걸 느끼기가 쉽지 않다는 것이었습니다.

제가 어렸을 때에 잘 팔리던 껌에는 몇 천 개에 하나 꼴로 금빛 껌 종이로 싼 껌이 들어 있었습니다. 아이들은 어쩌다가 금색 껌을 발견하기라도 하면 좋아서 어쩔 줄 몰랐습니다. 하지만 그 금색 껌이 나왔다고 해서 경품을 주거나 껌을 한 개 더 주거나 하는 혜택이 있는 것은 아니었습니다. 어떤 물건들은 오로지 '드물다'라는 이유만으로 가치가 있는데, 그 금색 껌이 그랬습니다.

어머니의 눈길과 손길을 독차지하지 못하고 자라면서 저는 가끔 제가 그 금색 껌 종이만도 못하다고 생각할 때가 많았습니다. 게다가 솔직히 저는 그리 키우는 재미가 좋은 자식도 아니었지 않습니까. 항상 든든하고 속 좋게 작은 가장 노릇을 하던 형, 집안 일을 잘 거들지는 않아도 아버지에게 애교를 떨고 어머니에게 좋은 말벗이 되어 주었던 선경이, 막내로서 집안의 꽃이 되어 주었던 귀여운 선미가 저보다는 훨씬 부모 노릇 해줄 만한 자식이었지요.

어머니를 두 번이나 학교에 불려 가게 했고, 웬만해서는 매를 안 드시는 아버지에게 사춘기 이후에 맞아 본 아이도 저 하나였어요. 갓 고등학생이 되어서는 성화라는 동네 여자애랑 어울려 다니다가 어머니에게 '자식 단속 잘하라'는 막말을 듣게 한 것도 저였지요.

그런데 어머니는 저 때문에 봉욕하는 일이 있어도 그리 많은 충격을 받지는 않으셨던 것 같아요. 저는 '얌전한 세 남매들을 키우는 행복한 부인'인 어머니라면 당연히 머리를 싸매고 드러누워 치를 떨어야 한다고 생각했거든요. 오히려 어머니는 제가 담배를 피우다 들켜서 학교에 불려 가신 날 오후에도 담담히 자원봉사를 나가셨어요. 제 말썽에 늘 부모님보다 더 걱정을 했던 형이 어머니에게 걱정도 안 되냐고 물으니 이렇게 대답하셨죠.

"걱정한다고 뭐가 달라지니? 애들이 10대 때에는 호기심에 그럴 수도 있는 거지. 너 선국이! 담배 몸에 안 좋으니까 빨리 끊어. 그리고 정 피우고 싶으면 학교 화장실에서 숨어서 피우지 말고 집에서 피워. 엄마가 재떨이 사다 놨다."

지금 생각해 보면 어머니 말씀이 다 맞습니다. 그러나 전 어머니의 그 명쾌함이 부족한 모성에서 오는 것이 아닌가 생각되어서 좀 섭섭했지요. 자식의 비행에 초연할 수 있는 어머니의 힘이 제가 아니어도 자식 노릇을 잘해 줄 자식들이 충분히 있었기 때문에 오는 여유인 것으로 알았어요. 그러니까 저는 있어도 그만, 없어도 그만인 존재라고 스스로 생각하고 만 겁니다.

어느 날, 저는 집에 놀러 오신 이모들에게 우리 가족의 역
사를 해설하고 계신 어머니를 보았습니다. 물이나 한잔 먹
으러 방에서 나갔다가 마침 제 이야기가 나오는 걸 듣고 귀
를 쫑긋 세웠더랬지요.

"그땐 정말 애 가지는 게 이렇게 힘들구나, 처음 생각했었
다니까."

"맞아, 선국이 가졌을 때 너 입덧이 굉장했었지."

"그냥 심한 입덧 정도가 아니었지. 의사는 임신중독증의
일종이라고 하더라구."

제가 처음 듣는 이야기였어요.

어머니는 저를 가지셨을 때, 계속 음식을 못 넘기고 토하
셨다면서요. 보통 임부들은 조금 지나면 나아지지만 어머
니는 그러지 않으셨어요. 가끔 그러는 임부들이 있지만 원
인도, 뚜렷한 치료법도 모른다면서요. 날이 갈수록 어머니
는 앙상한 몸에 배만 불러졌다지요. 어머니는 차라리 해산
의 고통이 훨씬 견디기 쉽더라고 말씀하셨어요. 흔치 않은

일인데 어머니와 뱃속의 저는 아주 위험한 상태까지 이르게 되었어요. 그때 의사는 최후의 수단이라며 조심스럽게 중절 수술을 권했다면서요. 어머니는 산모와 아이의 생명이 다 위험할 수도 있다는 의사의 경고에도 불구하고 저를 포기하지 않으셨어요. 이모 말씀에 따르면, 어머니는 저를 선택하는 데 단 한순간도 망설이지 않으셨다면서요. 천만다행으로 어머니의 심한 입덧은 만삭이 되면서 좀 나아지셨다지요.

목숨 걸고 낳아 놨더니 말썽만 부리던 작은아들은, 물 마시러 나왔던 것도 새까맣게 잊고 어머니 무릎 옆에 다가들어 물었지요.

"엄마, 왜 그랬어요? 자식이라면 그때 형도 있었잖아. 다른 자식이 필요했으면 나중에 낳으면 되는 거고. 그러다 돌아가시기라도 했으면 아빠랑 형은 어떡하라고?"

어머니는 웃으며 대답하셨어요.

"그러게나 말이다. 하지만 잘한 일이었지 뭐야."

어려서부터 모든 질문에 논리적이고도 명확한 설명을 해 주시던 어머니답지 않은 대답이었어요.

그것으로 저는 어머니를 힘들게 할 운명을 타고난 자식이라는 게 증명된 셈이었어요. 그러나 저는 또 한 가지 중요한 사실을 알게 되었어요.

어머니의 사랑은 우리 넷에게 나누어 주어서 4분의 1만큼으로 몫이 작아지는 소보루빵 같은 것이 아니라는 것을요. 우리 넷 하나하나를 모두 선택하면서도 어느 누구도 포기하지 않을 수 있는, 그 누구의 이성으로도 해독해 낼 수 없는 불가사의한 것이라는 것을요.

소중한 짐짝

　사실, 한때는 제가 미움받는 자식이라는 증거들이 여기 저기에서 불거져 나왔어요. 철이 들기 전에는 그 모든 것들이 좀 특이한 성격을 가진 자식 하나를 마음껏 박대하기로 작정한 부모님의 본심을 증명하는 것이라고 혼자 해석하며 한 푼어치의 가치도 없는 방황을 했었어요. 그중 하나가 아버지가 아기 선국을 내동댕이쳐 버린 사건이었지요.

　어느 날 형은 사촌 아기가 집에 놀러 와서 지독하게 우는 걸 달래다가 무심코 말했어요.

"어떻게 이렇게까지 하는데 계속 울지? 확 내다 버리고 싶네. 옛날에 아버지가 울던 널 던져 버린 것도 이해가 된다."

제가 배신감에 절망한 얼굴로 돌아보자 형은 말을 한 게 좀 후회가 되는 얼굴이 되었어요. 제가 그게 사실이냐고 거듭 묻자, 형은 자신이 직접 본 일이라고 말했어요.

저는 어디에 내놓아도 빠지지 않을 만큼 우렁찬 목소리를 가진 울보였다면서요. 어딜 가나 시도 때도 없이 울어댔는데, 어느 날 밤새도록 염치없이 울다가 끝내 아버지를 화나게 했었다고요. 자다 일어난 형이 오줌을 쌌을 정도로 무서웠던 아버지는 헐크로 변신한 두 얼굴의 사나이처럼 포효하셨다면서요. 헐크가 자신을 화나게 한 악당을 한 손으로 들어 던져 버리듯 아버지가 저를 먹다 버린 깡통처럼 내동댕이치던 장면을 영원히 잊을 수 없었노라고 형은 고백했지요.

"형이 고작 다섯 살 때의 일이잖아. 그 기억을 어떻게 믿어? 텔레비전에서 〈두 얼굴의 사나이〉 본 거 가지고 착각하고 있는 거 아냐?"

말은 그렇게 했지만, 저는 그런 일이 있고도 남았을 거라고 생각했습니다. 아버지가 꼭 누군가를 던져야 했다면, 그건 틀림없이 저일 수밖에 없었을 것이었어요. 게다가 저는 피할 수 없는 증거를 하나 가지고 있었습니다. 바로 제 턱에 난 흉터였지요. 제 턱에는 가로로 길게 꿰맨 흔적이 남아 있습니다. 그런데 그 흉터의 원인에 대해 부모님은 말씀해 주지 않으셨어요. 저는, 그악스럽게 울어대는 어린 둘째아들이 벽에 던져져서 그 반동으로 튀었다가 맞은편 장롱 모서리에 턱이 찍혀 피를 흩뿌리며 쓰러지는 장면을 상상했습니다. 제가 아버지에게 서운한 일이 있을 때마다 그 장면은 첨삭을 거듭하며 머리 속에서 재상영되어 마치 제가 실제로 기억을 하고 있는 듯한 착각을 불러일으킬 정도였어요.

대학생이 막 되었을 무렵, 저는 면도를 하다가 제 턱의 상처가 무척 거슬렸어요. 어릴 때에는 턱 아래에 있어 정면에서는 잘 보이지 않던 상처가 자라면서 위로 올라와 있었거든요.

"엄마, 이 상처…… 이거 아빠 때문이지?"

면도를 하고 있는 동안 빨래를 거둬 가려고 욕실에 들어오신 어머니한테 물어보았어요.

"턱에 있는 흉터 말이니? 그게 왜 아빠 때문이야? 네가 세 살 땐가, 식구들 밥 먹는데 낮잠 자다가 일어나서는 밥 달라고 밥상에 달려들었잖아. 그때 잠이 설 깼는지 비틀 거리다가 느닷없이 밥상에 엎어져서는 스테인레스 국사발 끝에 턱을 찍혀 그렇게 된 거지. 왜 애먼 아빠는 탓하고 그 래?"

오랫동안 진실이라고 믿고 있던 그림의 퍼즐 한 부분이 뭉텅 빠져 버리자 저는 혼란스러웠습니다.

"이거 아빠가 저 던졌을 때 생긴 거 아니에요?"

어머니는 그 질문에 잠시 어이없다는 표정을 지으시더니 사건의 전말을 일러 주셨어요.

"그땐 아빠가 무척 힘드실 때였어. 고작 30대 초반이었는 데 할머니가 돌아가셨잖아. 아빠가 얼마나 상심했었다고. 3 일장을 치르며 한숨도 못 자고 진이 빠지게 울던 네 아빠는 아주 만신창이였지. 할머니를 산에 묻고 집에 돌아와서 시 름시름 잠이 들었는데, 글쎄 그때부터 네가 울기 시작하는 거야. 아무리 달래도 소용없고, 나가서 좀 재우고 들어와 눕히면 또 깨서 울고 하는 거야. 제 할머니 돌아가신 것도

나 몰라라 떼만 부리는 네가 나도 얄밉다는 생각이 들 정
도였어. 그러다가 어느 순간 참고 참던 네 아빠가 폭발한 거
지. 눈 깜짝할 새에 내가 안고 있던 널 번개같이 낚아채서
는 던지려고 하는 거야."

제가 좀 심했다 싶긴 했지만, 거기까지는 제가 짐작했던
상황과 비슷했어요. 그 다음부터가 달랐지요.

"그런데 너희 아버지…… 화가 나서 씩씩거리며 '이 녀석
을! 이 녀석을!' 하고 너를 던지려고 들어 올리더니 웬일인
지 주춤하고 주변을 둘러보는 게야. 그러더니 세상에, 그 와
중에 재빨리 한 발로 솜이불을 휘휘 뭉쳐 놓더니 그제서야
너를 그 위에다 짐짝처럼 던지더라고. 짐짝은 짐짝인데 깨
져서는 안 될 소중한 짐짝이었지. 너는 솜이불에 푹 파묻혀
서는 나 살려라 더 자지러지게 울더라. 하나도 안 아팠을 텐
데, 네 형은 내 동생 죽는다고 사색이 돼서 따라 울었지. 그
아수라장에 난 왜 그렇게 웃음이 나오던지……."

그날 더 가관이었던 것은, 아버지가 새벽녘에야 잠이 든
제 손을 꼬물꼬물 만지며 우셨던 거였답니다. 아버지는 어
머니가 잠들어 그 소리를 못 들으신 줄 아셨지요?

이제 제가 그때의 아버지보다 나이를 더 먹었습니다. 날마다 제 아이를 던져 버리고 싶은 충동과 싸우고 있는 저는 이미 당시의 아버지를 이해하는 것을 넘어서 있는 지경입니다.

어머니를 잃은 슬픔에 자식에 대한 야속함까지 보탰을 35년 전의 저를 용서해 주세요. 그리고 아버지와 똑같이 부모를 잃고 난 후에야, 그 슬픔을 아버지와 같은 깊이로 호흡하게 된 지금의 저를 용서해 주세요.

세상에서 가장 강력한 동기

담배 끊은 사람이 앉았다 일어난 자리엔 풀도 안 난다는 말은 참입니다. 적어도 제게는 말입니다. 회사에서 뛰쳐나와 제 사업을 하게 된 이후 요즘의 안정기에 들어서기까지 수많은 일들을 이루어 낸 저이지만, 담배를 끊는 것만큼은 어쩌지 못하고 있으니까요.

나래 에미는 아버님도 담배를 피우다 끊으셨다는데, 독하기로는 아버님보다 열 배는 더할 제가 왜 못 끊고 나날이 명을 재촉하냐고 성화입니다. 그런데 저는 아버지가 어떻게 그렇게 쉽게 금연에 성공하셨는지 잘 압니다. 그게 다 제 덕이라면서요?

6, 70년대에는 모든 애연가들이 집 안에서 담배를 피웠습니다. 담배의 해악이 막 알려지기 시작한 때였고, 간접 흡연이 해롭다는 인식도 없던 시절이었으니까요. 형은 밖에 놀러 나가고 어머니는 설거지를 하고 계실 때, 아버지는 두 살된 저와 생후 7개월 된 선경이를 방에서 놀리며 담배를 태우고 계셨다고요. 군대에서 담배를 배우신 아버지가 앉은 자리에서 한 갑을 피우는 골초셨다는 건 들어서 알고 있어요. 온 방 안을 너구리 굴로 만들고서야 그날의 마지막 담배를 비벼 끄신 아버지는 잠깐 일어나 화장실에 다니러 가셨다고요.

볼일을 마치고 방에 들어오셨을 때, 아버지는 기막힌 꼴을 보시고야 말았어요. 아직 말도 제대로 배우지 못한 제가 재떨이의 꽁초를 주워서 끙끙거리며 빨고 있었다나요. 어찌나 열심히 빨았는지 다 죽어 가던 꽁초 끝의 불이 다 벌겋게 일어나고 있었다면서요. (왜 언제나 말성의 주범은 저일까요?) 선경이는 재떨이를 엎어 담뱃재를 얼굴에 바르고는 남은 재를 눈처럼 공중에 뿌리며 알 수 없는 세리머니를 하

226

고 있었고요. 아버지가 자리를 비운 단 2분 사이에 저희가 연출해 놓은 방 안의 풍경은 아비규환의 지옥도와 다르지 않아 보였답니다.

아버지의 크고 둔탁한 비명 소리를 듣고 물이 뚝뚝 흐르는 고무장갑을 낀 채로 달려오셨던 어머니의 증언에 따르면, 아버지는 특히나 끽연의 그윽한 표정을 능청맞게 재현해 내고 있는 두 살배기 저의 모습에 큰 충격을 받으신 것 같았다고요. 어머니가 달려들어 제 손에 든 꽁초를 빼앗고 엉덩짝을 팡팡 두들기실 때, 아버지는 니코틴으로 변색된 오른쪽 셋째손가락 둘째 마디를 다른 손으로 비비며 허허롭게 중얼거리셨답니다.

"내가 무슨 꼴을 더 보려고 이 짓을 하고 있는 건가?"

그날 저녁, 라디오에서 나오는 금연 캠페인을 귀 기울여 들으시던 아버지는, 어머니와 세 남매가 엄중하게 지켜보는 가운데 금연 선언을 하시게 된 거였지요.

아버지는 금연 성공의 무용담을 들려주실 때 이런 말씀을 하시곤 했어요.

"담배를 피우고 싶은 생각이 고개를 들 때마다 두 살짜

227

리 선국이가 담배꽁초를 빨던 모습을 떠올렸다. 상상 속에서는 한 술 더 떠서 입으로 연기까지 뿜는 그림을 그렸지. 그러면 아주 소름이 쪽 끼치면서 담배 맛이 뚝 떨어지지 않겠냐?"

어쨌든 결과적으로 아버지는 저 때문에 담배를 끊으신 셈이었고, 다시는 담배를 입에 대지 않으셨어요. 그런 아버지의 영향인지 우리 형제들도 담배를 배우지 않았지요. 그러나 정작 아버지가 저 녀석 담배 빠는 꼴은 못 보겠다며 담배 허리를 분지르셨던 저는 끝내 골초가 되고 말았답니다. 아무리 어릴 때라도 이미 담배 맛을 보면 늦는 게 되는 건가요?

늦은 저녁, 찬바람이 부는 베란다로 쫓겨나 담배를 뻐끔 거리면서 이따금씩 아버지를 떠올리곤 합니다. 사람 순하기로 유명했던 아버지가 단숨에 금연에 성공하도록 한 것은 '강력한 동기'였습니다. 나 때문에 내 새끼가 건강을 상할지도 모른다는 두려움 말입니다. 부모의 흡연으로 병에 걸린 가엾은 어린것들이 텔레비전에 출연해 켁켁 기침하는 모습을 보며 저 역시 강력한 동기를 얻습니다. 그러나 아이가 없는 베란다로 군말 없이 쫓겨나 줄 용의가 얼마든지 있는 소극적 동기일 뿐, 금연의 동기가 되지는 못합니다.

하루에도 몇 번씩 손가락 굵기도 되지 않는 담배에 굴복하면서, 저는 저보다 만 배는 나은 아비인 아버지, 당신을 생각합니다.

이상한 기억력

어린 시절, 저는 어머니를 '해적 선장'이라는 별명으로 불렀었어요. 그건 어머니의 팔에 길게 나 있는 상처 때문이었어요. 실로 뜬 자국이 선명한 것이, 얼굴에 흉터를 달고 있는 만화영화 속 해적 선장의 그것과 똑같아 그랬던 것입니다. 제가 '해적 선장'이라고 부를 때마다 어머니는 "나 해적 선장이다. 있는 거 다 내놓지 않으면 혼내 주겠다!" 하며 천연덕스럽게 달려들어 간지럼을 태워서 항복을 받아내셨어요.

우리 남매들이 다 커서 노천 온천에 함께 갔을 때, 저는 오랜만에 어머니의 그 흉터를 다시 보게 되었어요.

"엄마, 그런데 그 팔의 상처, 왜 그랬던 거예요?"

제가 묻자 어머니는 골똘히 생각하시는 것 같더니 대수롭지 않게 말씀하셨어요.

"글쎄……. 동창들하고 등산 갔을 때 넘어져서 다친 거였을걸."

그러자 아버지가 나서서 정정해 주셨어요.

"그때 다친 건 다리였지. 그리고 흉터도 남지 않고 다 아물었잖아."

"그런가? 그럼 이건 언제 그런 거지?"

어머니가 도무지 기억을 해내지 못하시자 아버지가 답답하다는 듯 말씀하셨어요.

"이젠 얘도 다 컸으니까 말해도 되겠지. 이거 당신이 선경이 가졌을 때 선국이가 당신 배 위에 올라타서 그런 거였잖아."

그 말에 함께 온천물에 몸을 담그고 있던 우리 가족들 모두가 낮은 비명 소리를 냈지요. 저까지 포함해서요. 사건의 전말은 이러했습니다.

저는 키도 크고 발육도 빨라서 돌도 되기 전에 노련하게 걸음마를 하던 아기였지요. 당시 어머니는 세상 구경할 날을 오늘 내일 기다리고 있는 선경이를 품고 계신 만삭의 임부셨고요. 문제는, 덩치만 큰 아기였던 제가 그런 어머니의 풍만한 배를 동네 형아들이 100원씩 내고 올라타 방방 뛰던 덤블링 기구와 혼동을 했던 거였습니다. 애저녁에 그 사실을 눈치 채신 어머니와 아버지는 몹시 불안해 하시며 저에게 주의를 주셨지요. 그러나 생후 11개월의 아기에게 말이라는 게 쉽게 먹히겠습니까. 호시탐탐 엄마 배에서 뛰어놀 기회를 노리던 저는 드디어 점심식사 후 나른한 몸을 반쯤 누이신 무방비 상태의 어머니를 발견한 것이었습니다.

콩콩콩콩…….

전속력으로 도움닫기를 하며 달려가는 저를 어머니가 보셨을 때에는 이미 늦었습니다. 동네가 자랑하던 우량아였던 저는 육중하게 어머니 배 위로 떨어졌습니다. 덤블링 기구 위에 올라탔던 때처럼 몸이 '퉁!' 하고 튕겨 올라갈 줄 알았던 저는 어머니의 날카로운 비명 소리에 놀라 울기 시작했습니다.

어머니는 배에 가해진 충격에 팔을 휘저으며 일어서다가 중심을 잃고 문갑 위로 넘어져 거기 놓여 있던 청동 장식품에 팔을 찢기는 부상을 입으셨어요. 놀란 것은 뱃속의 선경이도 마찬가지였는지, 아이를 둘이나 낳아 본 어머니도 감당 못할 정도로 요동을 쳤지요. 다행히 똘똘한 형이 이웃집 아주머니를 재빨리 모셔 왔어요. 아주머니는 어머니 아래로 선경이의 머리가 나오고 있는 걸 확인하고는 구급차 대신 조산원을 부르셨고, 그 덕에 선경이는 위급한 상황에서도 무사히 태어날 수 있었던 거예요. 아버지가 뒤늦게 연락을 받고 새하얀 얼굴로 집에 들어오셨을 때, 저는 천연덕스럽게 어머니 미역국에 밥을 말아 먹고 있었다고요. 아버지는 저를 묶어서 공중에 달아 놓고 싶은 충동을 느꼈다고 고백하셨어요.

그제서야 우리들은 왜 유일하게 선경이에게만 병원에서 준 출생증명서가 없었는지를 알게 되었지요. 어려서부터 선경이가 항상 저한테만 시비를 걸고 덤빈다 했더니, 다 이유가 있었던 것이었습니다. 그 애는 본능적으로 제가 자신의 적이라는 걸 알고 있었던 게지요.

아버지가 말씀을 마치시자마자 저는 상당히 따갑게 형제들, 특히 선경이의 눈총을 받았어요. 선경이는 '웬수'라며 제 얼굴에 온천물을 마구 끼얹었었고, 형과 선미는 당해도 싸다며 저를 흘겨보았어요. 하지만 그때만큼은 정말이지 저도 할 말이 없었어요.

그런데 이해가 되지 않는 일이 하나 있습니다.

어머니는 어떻게 그렇게 야단스러웠던 사건을 까맣게 잊으실 수 있었던 거지요? 제가 묻자 어머니는 이렇게 대답하셨습니다.

"너도 자식 넷을 낳아 키워 봐. 별별 일 다 겪게 되는데 사소한 일까지 일일이 기억할 수가 있나."

그러나 어머니는 제가 네 살 때 길거리 간판을 술술 읽어서 사람들의 감탄을 자아냈던 일도, 다섯 살 때 출장 가시던 아버지의 손에 저 먹을 과자를 쥐어 드렸던 일도 다 기억하고 계신 분이었습니다. 사소하기로 따지자면 제가 임신한 어머니의 배 위에 올라탔던 그 사건이야말로 절대로 잊을 수 없는 일일 테지요.

그러고 보니, 저는 제 기억이 닿지 않는 어린 시절에 저질

렸던 수많은 기상천외한 말썽들을 어머니에게 전해 들었던 적이 한 번도 없습니다. 모두 사춘기 이후 다른 가족들이나 친척들의 입을 통해서 알게 된 것이지요. 어머니의 두뇌는 자식이 잘한 일만 취사 선택해서 저장하는 희한한 능력을 가졌나 봅니다.

그래서인지 저는 자라면서 제 스스로가 대단한 말썽꾸러기라고 생각해 본 적은 없었습니다. 그냥 다른 형제들보다 재밌는 성격이라고 자평할 뿐이었습니다. 지금 생각해 보면 온 집안의 천덕꾸러기가 될 만한 소지가 충분히 있었는데도 말입니다. 어머니는 죄책감으로 얼룩질 뻔했던 끔찍한 어린 시절로부터 저를 지켜 주셨어요.

지금쯤 어머니는 저에 대한 좋은 기억만을 가지고 그곳에 계신 것이겠지요? 어머니의 기억력이 형편없어서 참으로 다행입니다.

낙서

저와 선경이의 애증 관계는 그 역사가 오랩니다. 고작 돌쟁이였던 저는 새로 태어난 아기를 사랑스러운 동생이 아니라 무례한 경쟁자로 여겼고, 선경이가 저항을 할 수 있는 나이가 될 때까지 무자비하게 폭력을 행사했었지요. 선경이가 두 돌이 되어 저한테 장난감 망치를 휘두를 수 있게 되면서부터 우리 집안은 기나긴 '백년전쟁'의 암흑기에 들어섰겠지요.

어머니의 협박과 회유에도 불구하고 농익어 가던 우리의 전쟁은, 한 번은 어머니에게 평생 잊지 못할 악몽을 경험하게 하기도 했습니다.

제가 막 한글을 깨쳐서 기고만장해 있을 때이니, 여섯 살이었을 겁니다. 어머니는 학교에 간 형을 빼고 선경이와 저를 데리고 이모 집에 놀러 가셨더랬지요. 그 잠깐 가 있는 동안에도 우리는 그 새를 못 참고 쌈박질을 하고 있었지요. 제가 선경이의 몸에 낙서를 한 것이 발단이었습니다. 억센 남자 형제의 힘을 못 당해 저 싫은 일을 겪고야 만 선경이는 분에 사무쳐서 이모가 보시던 가정백과를 제 얼굴에 던져 버렸고, 코를 제대로 맞아 버린 저는 쌍코피를 줄줄 흘렸었지요. 어머니는 일단 폭력을 행사한 선경이를 더 호되게 꾸짖으셨고, 원통하고 절통해진 그 애는 울면서 밖으로 뛰쳐나갔었지요. 그런데 대문 밖에서 조금 울다가 들어올 줄 알았던 선경이가 한참이 지나도 들어오지를 않는 것이었습니다.

집 앞 골목 어디에도 아이의 모습이 보이지 않자, 어머니와 이모는 큰일이 터졌다는 것을 알게 되셨어요. 그곳은 집에서 멀리 떨어진 낯선 동네였습니다. 다섯 살짜리 조그만 계집애가 집 앞에서 보이지 않는다면 틀림없이 길을 잃고 헤매고 있을 것이었습니다. 우리와 이모네 양가가 발칵 뒤집혔고 다들 선경이를 찾아 나섰습니다. 근처의 파출소에도 신고를 해 놓았지만 선경이를 찾을 수는 없었습니다. 선경이가 주소를 모두 외고 있는데도 아무 소식이 없는 걸 보면 필시 무슨 일이 있는 걸 거라는 이웃들의 조심스런 비관론에 어머니는 평소답지 않게 화를 버럭 내셨어요.

"무슨 소리예요? 선경이는 분명히 무사히 잘 있을 거라고요!"

그러나 선경이는 그로부터 사흘 동안이나 집에 들어오지 못했습니다. 지금 이야기하는 이 모든 상황들이 저의 온전한 기억들은 아닙니다만, 그때 어머니의 모습만은 손에 잡힐 듯이 기억이 납니다. 감히 비교해 보건대, 훗날 암 선고를 받으셨을 때보다 어머니는 훨씬 깊은 절망에 빠져 있으셨어요.

사람이 며칠 새에 정말로 '반쪽'이 될 수도 있다라는 것을 저는 너무나 일찍 알아 버렸습니다. 먹지도 자지도 않고 전화기만 바라고 있던 어머니의 퀭한 눈을 통해, 저는 최초로 죽음에까지 근접한 깊은 슬픔을 목도하게 된 것이었지요. 어렸지만 저도 막연한 고통을 느끼고 있었던 것 같습니다. 선경이가 다시 들어오기만 하면 다시는 때리지도, 놀리지도 않겠다고 몇 번이나 다짐했을 정도였으니 말입니다.

온 가족이 피를 말리며 3년과 같은 사흘째 아침을 맞이했을 때, 기적과 같은 한 통의 전화가 걸려 왔습니다. 온 시내 파출소를 미친 듯 헤매고 계시던 아버지로부터 온 전화였습니다. 전화선 너머 아버지의 목소리가 어찌나 크던지 옆에 있던 우리 귀에까지 다 들렸습니다.

"선경이를 찾았어, 여보!"

어머니는 형과 저를 꼭 껴안고 토하듯 울음을 우시더니 이내 겉옷을 챙겨 들고, 선경이가 있다는 미아보호소로 날아가셨습니다. 그곳에서 극적인 모녀 상봉이 있었을 것은 말할 필요도 없는 일이겠지요.

선경이는 어느 버스 정류장에서 발견되었다고 했습니다. 문제는 선경이가 너무나 똑똑하게 집 주소를 외고 있던 것이었습니다. 그러나 선경이가 말한 송파동 ○○번지에는 당치도 않은 새파란 신혼부부가 살고 있더랍니다. 어쨌든 인근에 있는 송파동이 아이의 사는 동네일 거라고 확신한 경찰은 그쪽으로만 수소문을 해보았던 것입니다. 결국 부모를 찾지 못한 선경이는 미아보호소로 넘겨졌고, 그곳에서 입막음용으로 초코우유를 하나 얻어먹었답니다. 선경이가 초코우유를 먹다가 흘려 옷을 버리자 그곳 직원이 옷을 갈아입히려고 윗도리를 벗겼다고요. 그때 눈썰미 좋은 그 아가씨가 선경이 팔에 괴발개발 그려져 있는 낙서를 본 것입니다.

'청파동 바보 임선경'

경찰 아저씨들은 혀 짧은 다섯 살배기의 '청파동' 발음을 '송파동'으로 잘못 알아들은 것이었습니다. 더구나 아이가 발견된 곳이 송파동이었으니 그런 오해를 안 했다면 더 이상한 일이었겠지요. 저는 지금도 가끔 재미 삼아 어린아이들에게 "송파동…… 해 봐, 청파동…… 해 봐" 하고 시켜 보곤 하는데 정말 구분이 되지 않습니다.

아무튼 그렇게 해서 '청파동 ○○번지'로 연락을 한 미아보호소 직원이 우리 집을 찾아냈고, 우리 가족은 최고 악몽이 될 뻔했던 사건에서 구출됐지요.

졸지에 저는 선경이가 집으로 돌아오는 데 결정적인 단서를 제공한 영웅이 되어 버린 것이었습니다. 하지만 그 사실을 알게 된 부모님은 저에게 별다른 칭찬을 해주지 않으셨습니다. 어머니아버지 입장에서야 난감하셨겠지요. 그렇다고 '앞으로도 선경이 팔뚝에 낙서를 꾸준히 하거라' 하고 장려할 수도 없는 일 아니겠어요? 더구나 따지고 보면 선경이의 행방불명의 원인 역시 그 낙서였으니 말입니다.

절박한 상황이 지나가자 저는 스스로에게 했던 약속을 잊고 또 선경이에게 짓궂은 장난을 하기도 하고, 수 틀리면 때리기도 했습니다. 단, 어머니가 "너 또 선경이가 없어졌으면 좋겠니?" 하고 말씀하시면 순간적으로 간담이 서늘해지기는 했었지요. 그 '약발'도 그리 오래 간 것은 아니었지만 말입니다.

다 자라서까지 숱하게 다투기는 했지만, 선경이는 제게 가장 친숙한 형제입니다. 정말 싸우면서 정도 드는 법인지, 살면서 어려운 일이 있을 때 가장 먼저 생각나는 게 선경이입니다. 선경이는 공부는 못해도 연애에는 정통해서 제게 좋은 애정 상담가가 되어 주었고, 백화점으로 시장으로 끌고 다니며 멋지게 옷을 입는 남자로 만들어 주었습니다. 선경이 덕에 나래 에미의 마음을 얻고 결혼에도 성공할 수 있었던 거 알고 계세요?

그러니까…… 걱정하지 않으셔도 됩니다. 가끔 어머니는 우리 둘이 어른이 되고 각자 결혼을 하면 소원해져 남처럼 되지 않을까 염려하셨잖아요. 어머니가 마음 속 깊은 곳에서 믿고 계셨듯 형제란 그런 것이 아닙니다. 더구나 선경이는 제가 이토록이나 보고 싶어하는 어머니를 쏙 빼닮았는걸요.

감기 옮기기

네 아이가 드글거리는 우리 집에서는 단 한 아이가 감기에 걸리기만 해도 비상사태였지요. 잘 씻지도 않은 손으로 먹을 것을 집어먹는 아이들은 감기 바이러스한테는 '밥'이나 마찬가지였으니까요. 어떤 때에는 한 아이가 감기에 걸려서 다른 아이에게 옮기고, 그 아이가 나중에 또 다른 아이에게 다시 옮아서 겨울 내 집안에 감기가 도는 일도 있었습니다. 그래서 어머니는 한 아이가 감기에 걸리면 다른 아이들은 곁에 얼씬도 못하게 하셨지요.

"오늘부터는 선국이가 먹던 걸 먹으면 안 되고, 같이 놀아

서도 안 돼."

그러나 정작 어머니는 아픈 아이를 유난히 자주 안아 주고, 입도 맞춰 주고, 그 아이가 남긴 밥도 주저 없이 드시곤 하셨지요. 우리가 이상해서 물어보면 이렇게 대답하셨어요.

"엄마는 괜찮아, 어른이니까. 어른은 튼튼해서 감기에 옮지 않아."

하지만 어머니의 말은 틀린 것 같았어요. 어머니는 툭 하면 우리에게 감기가 옮아 끙끙 앓으시곤 했으니까요. 어쨌든 우리는 그런 어머니의 보살핌을 받으면 쉽게 감기에서 회복되었더랬지요.

우리 딸 나래가 감기 걸렸을 때 어머니가 보살펴 주신 적이 있었어요. 그 녀석을 꼭 안고 얼르시는 어머니 모습은 어렸을 때 우리들을 병 간호하시던 때와 다르지 않았지요. 어머니는 나래의 꽃잎 같은 작은 입술에 뽀뽀를 쪽 하시더니 이렇게 말씀하셨습니다.

"내 강아지가 이렇게 아파서 어쩌누? 이 할미한테 감기다 옮기고 얼른 나아라……."

그제야 저는 어린 시절 어머니가 감기에 걸린 우리들을 유난히 입 맞추고 보듬어 주신 진짜 이유를 알게 되었어요. 어머니는 우리한테서 감기를 옮고 싶으셨던 거였어요. 물론 감기는 남에게 옮긴다고 낫는 것은 아닙니다. 평소 호기심이 많고 암 투병 하시느라 반 의사가 되신 어머니가 그쯤 모르셨을 리야 없지요. 그런데도 우리는 신기하게도 꼭 어머니에게 감기를 옮기고 병이 나았습니다.

아직 현대 의학이 찾아내지 못한 감기의 치료법인데, 오로지 어머니에게만 통하는 치료법은 따로 있었던가 봅니다.

Epilogue

우리 4남매가 책으로 묶여져 나온 편지를 보게 된 건 내가 그 제안을 한 지 꼭 1년 뒤였습니다. 부모님 기일에 맞춰 선형 오빠의 집에 다시 모인 우리는 전과 달랐습니다. 슬픔에 잠겨 있지도 않았고, 서로를 무거운 눈빛으로 바라보지도 않았습니다. 게다가 이젠 아무도 검은 옷을 입고 오지 않았습니다.

음식을 만들어 나누어 먹고 미소 띤 얼굴로 이야기를 했지만, 우리는 서로 편지의 내용에 대해 그 어떤 말도 하지 않았습니다. 그러나 다들 앞으로의 삶이 이제까지와 다를 거라는 건 잘 알고 있었지요.

　나는 내 기억 속에서 부모님과의 추억을 끄집어내고, 또 내가 미처 몰랐던 부모님의 모습을 만나면서 그분들을 잃고 얻은 상처를 치료받을 수 있었습니다. 그리고 이별의 슬픔보다는 그분들이 세상에 남기신 선물에 집중할 수 있게 되었지요. 바로 보석 같은 형제들 말입니다. 어린 시절 엄마가 내게 말씀해 주신 것처럼, 우리는 든든한 넷이라 흔들림 없이 서로를 의지하며 살 수 있을 것 같습니다. 나는 언니오빠들도 나와 같은 생각을 하고 있으리라는 걸 잘 알고 있습니다.

　사랑에 재능이 많았기에 충분치 않았던 시간 동안에도 우리에게 충분히 사랑을 베풀고 떠날 수 있었던 엄마아빠를 두었는데 슬퍼할 이유가 없지요. 한꺼번에 사랑하는 사람들을 잃은 건 너무나 갑작스러웠지만, 마지막까지 서로 잡은 손을 놓지 않으셨던 두 분한테는 영원의 관점에서 축복일 수 있다고, 그렇게 생각하기로 했습니다.

　글문이 다시 트여 취재다 집필이다 바쁘게 지내고 있던

나는, 어느 날 청첩장 하나를 받았습니다. 어려서부터 친하게 지내던 친구가 돌아오는 가을에 결혼을 하나 보았습니다. 나는 부모님들끼리도 절친한 사이셨던 그 친구의 결혼에 기꺼이 참석했습니다. 그곳에서 나는 아빠의 친구이기도 했던 신부의 아버지를 만났습니다. 나를 보고 덥석 손을 잡으며 짠하게 바라보는 시선에는, 오랜 친구의 얼굴을 그 혈육의 모습에서 찾아보려는 안타까움이 담겨 있었습니다.

"그래, 어찌 지내누?"

"잘 지내요. 아저씨도 안녕하시죠?"

"나야 그렇지……. 난 아직도 가끔 의영이 그 친구 꿈을 꾼다. 그날, 내가 어떻게 해서든 환갑잔치에 데리고 갔어야 하는 건데."

나는 새삼 사고 당일날의 기억을 더듬으며 혼란에 빠졌습니다.

"아저씨…… 그날 엄마아빠 친구분 환갑잔치에 가신 거 아니었어요?"

"아니야. 한사코 네 엄마와 어디 좋은 데 갈 데가 있다면서 나한테 부조금 대신 전하라는 당부까지 했는걸."

나는 어쩐지 이상한 기분이 되어 피로연 식사도 마다하고 서둘러 집으로 돌아왔습니다.

　나는 집으로 돌아와 아빠의 책장을 뒤져 탁상용 다이어리를 찾아냈습니다. 성격이 꼼꼼한 아빠인 만큼 그날 별다른 계획이 있었다면 분명 어디엔가 흔적이 남아 있을 터였습니다. 그러나 그날 날짜에는 친구분의 환갑 일정만이 적혀 있을 뿐이었습니다. 실망해서 다이어리를 덮어 있던 자리에 두려는데, 그 갈피에서 명함 한 장이 떨어졌습니다. 그건 홍천에 있는 한 부동산 사무실의 명함이었습니다. 명함에 뭔가 알아볼 수 없는 글씨가 빼곡히 적혀 있는 걸로 보아 아빠는 그곳에 뭔가 볼일이 있으셨던가 보았습니다. 나는 이끌리듯 명함에 박혀 있는 번호를 눌러 전화를 걸었습니다.

　"혹시 임의영 씨라고 아시나요? 나이에 비해 머리가 흰 남자분인데요. 아니면 부인 윤경진 씨는요? 옛날 여자분 치고는 키가 크고 예쁘장하게 생긴……. 사실 제 부모님들이신데요……."

전화를 받은 남자는, 스스로도 바보 같다고 느껴질 만큼 두서없던 제 물음에 의외로 쉽게 대답을 해왔습니다.

"아, 그 금슬 좋은 사장님 사모님요? 그렇게 오랫동안 애를 써서 좋은 물건 구하신 분들을 어떻게 기억 못하겠어요? 벌써 한참 됐는데, 집 단장은 맘에 들게 잘하셨나요? 가끔 멀리 지나가면서 보면 관리 통 안 하시는 것 같던데."

나는 그 사람이 무슨 말을 하는지 도통 알아들을 수가 없었습니다. 내가 당황한 빛이자 전화 너머의 그 남자가 되물었습니다.

"모르셨어요? 사장님께서 1년 전에 팬션 구입하셨는데……."

그날 이후, 주말이 되기가 무섭게 우리 4남매는 함께 그 부동산 사무실을 찾아갔습니다. 우리가 사정 이야기를 하자 그 사람은 깜짝 놀라며 기꺼이 부모님이 사 두셨다는 팬션으로 우리를 안내해 주었습니다.

팬션은 산속 아주 깊숙이 자리잡고 있었습니다. 차가 겨우 들어가기는 하지만, 누군가 돈을 내고 묵으러 오기에는 너무 외딴 곳에 있었습니다. 우리는 부모님의 비밀 노후대책이라고 하기에는 너무나 경제성이 없어 보이는 그 건물을 보고 심란해졌습니다.

"우리하고 의논을 하셨으면 더 나은 곳을 얻어 드렸을 텐데 왜……?"

낯빛이 흐려진 선형 오빠가 원망스레 중얼거렸습니다.

그러나 문을 열고 건물 안으로 들어선 우리는 갑자기 눈앞이 환해지는 것을 느낄 수 있었습니다. 맞은편에 시원하게 뚫려 있는 테라스 쪽으로 두 눈을 의심할 만큼 아름다운 풍경이 건너다 보이고 있었습니다. 테라스로 나가 보니 발치에 시냇물이 흐르고 있고, 멀리로 그림같이 겹쳐진 산의 자태가 요요합니다. 현관이 있는 앞쪽과는 딴판으로 눈부신 경관이었습니다.

"멋지다. 딱 내가 꿈꾸던 그런 곳이야."

선경 언니가 넋을 잃은 얼굴로 하는 말을 듣고, 나는 정신이 번쩍 뜨였습니다. 그곳은 내가 꿈꾸던 곳이기도 했습니다. 그러고 보니 건물 안의 풍경들이 어쩐지 낯설지 않았습니다. 테라스에 놓인 작은 티 테이블, 벽에 걸린 뻐꾸기 시계, 2층 다락방으로 연결된 나무 사다리, 아치 모양의 여닫이 창…….

나는 그만 가슴이 벅차 올라 왈칵 울음을 쏟으며 그 자리에 주저앉았습니다. 언니오빠들은 영문도 모른 채 놀라 내게 달려왔습니다.

"……모르겠어? 잘 봐. 이건 우리한테 주려던 거야. 바로 우리들의 '숲속의 별장'이라구!!"

자동차를 사고 처음 한 가족 여행에서 우리가 꿈꾸듯 이야기하던 그대로의 모든 것이 그 안에 있었습니다. 그동안 드나든 사람이 없어 먼지가 앉긴 했지만, 꼼꼼한 아빠의 손길이 구석구석 미치지 않은 곳이 없다는 걸 알 수 있었습니다. 한쪽에는 망치질을 하다 만 흔적도 남아 있었습니다. 아빠와 엄마는 주말마다 이곳에 와서 조금씩 우리가 원하던 그 모습에 가깝게 손질을 하고 계셨던 것이었습니다. 아마 여름 휴가를 앞두고 숲속의 별장을 우리에게 깜짝 공개하고 싶으셔서 서두르셨나 봅니다. 사고가 났던 그날도 이곳으로 향하던 중이셨던 게지요.

두 분은 각자 또 다른 가족을 거느린 우리들이 해마다

이곳에 모여 웃고 즐기는 모습을 상상하며 즐거우셨을 것입니다. 평생 우리들에게 해준 게 없으시다던 두 분은, 다만 한 가지라도 우리들의 꿈을 당신들 손으로 이루어 주고 싶으셨겠지요. 그리고 두 분이 그리던 풍경은 분명 현실이 되어, 앞으로 수십 년을 두고 사랑하는 이들의 웃음소리로 가득 찰 것이었습니다.

우리 4남매는 먼지가 풀썩이는 그 '숲속의 별장'의 바닥에 주저앉아 서로를 부둥켜안고 아주 오래도록 있었습니다.

• 본 책은 『호랑가시나무 사랑』 개정판입니다.

안녕, 엄마

1판 1쇄 발행 2015년 8월 20일

지은이 남인숙

펴낸이 김제구
펴낸곳 호메로스
인쇄·제본 한영문화사

출판등록 제22-741호(2002년 11월 15일)
주소 121-842 서울시 마포구 잔다리로 77 대창빌딩 402호
전화 02)332-4037
팩스 02)332-4031
이메일 ries0730@naver.com

ISBN 979-11-86349-39-7 03810

호메로스는 리즈앤북의 브랜드입니다.